閱讀既晴

台灣犯罪文學作家群像

|台灣犯罪作家聯會 主編|

目次

序

導論

輯一・發展史中的本土「座標」

輯二・重探既晴的犯罪小說世界

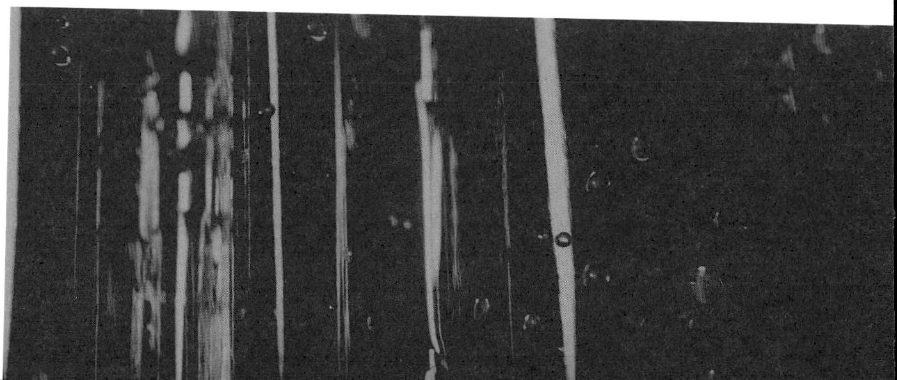

輯三・城市裡那場不會停的雨

輯四・後記

【推薦序】

日常與異常的邊界：既晴犯罪小說中的虛實人間

蔣興立

倘若偵探小說是一把打開潘朵拉盒子的鑰匙，讓我們發現某個特定時空的社會現象與犯罪問題；那麼評論偵探小說的文章便是地圖，幫助迷路的讀者找尋那把開啟魔法盒的鑰匙。《閱讀既晴》便是這樣的精采論著，引導讀者按圖索驥，一窺既晴殘酷迷人的罪惡國度。

一、諸神退位的世界

《偵探小說：哲學論文》一書提到在偵探小說中，理性透過不同的角色使自己居於主導的位置，而偵探並不指向理性，偵探就是理性的化身，如同上帝按照他的本像創造人，理性也以偵探的樣貌顯現在其世界。[1]書中的論點指涉了偵探小說此一類型文學的特色：偵探在犯罪迷宮裡，遵循邏輯探訪線索，尋找遺失的真相拼圖；在這個充滿謀殺、謊言、曖昧情感的異質空間，「理性」橫行無阻，神權勢力衰頹。而理應是諸神退位的世

1. （德）西格弗里德·克拉考爾著：《偵探小說：哲學論文》（北京：北京大學出版社，2017），頁76-77。

界，既晴筆下的偵探張鈞見卻是一個具有特殊感應能力的偵探，能跨越陰陽界，解構日常與異常的邊界，看見現實人間之外的虛妄幻界，這使得既晴犯罪小說裡的謎團，衍生出更多的可能性。同時也讓讀者思考，究竟一樁罪行的肇因，是人性的卑劣，或是魔性的作祟？又或者兼而有之，我們以為理性的世界，原本就被諸種非理性的神祕力量所操控？

二、偵探是罪惡城市的導遊

如果說福爾摩斯與華生是黑暗倫敦的引路人，那麼張鈞見便是罪惡台灣的導遊，透過他的委託人，讀者跟著他們一起進入現代生活的陰影之中，看見島嶼的背面，隱藏在日常之下的異常。陳國偉認為「偵探透過他的身體，以步履串連起城市新興的生活方式與地景」。[2]洪敍銘提到：「城市是城市使用者基於人地關係互動下日常經驗的集合體，那麼其中發生的謀殺案件，也就可能象徵人們所面臨或即將遭逢的變動」。[3]本書輯二與輯三中，多篇文章聚焦既晴2020年出版的小說《城境之雨》，新作呼應了評論者的觀點，揭示台北城與台北人在新冠肺炎疫情之中的風景與變貌，以及近年來城市中家庭關係的崩解與裂變，其中多篇故事在戛然而止的意外結局裡，展現出無窮的餘韻，令人喟嘆與深思。

---

2. 陳國偉：《越境與譯徑：當代台灣推理小說的身體翻譯與跨國生成》（台北：聯合文學出版社，2013），頁232。
3. 洪敘銘：《從「在地」到「台灣」：「本格復興」前台灣推理小說的地方想像與建構》（台北：秀威，2015），頁336。

三、偶然墜入裂縫的靈魂

罪行與惡意是如何發生的？是否有因果？是否能被阻止？〈沉默之槍〉被酒店小姐溫欣敏指控性侵的高中老師馬國航，〈泡沫之梯〉在平安夜失去了唯一家人的黃佳慈，〈蠶繭之家〉就讀貴族學校的少女，在父親失業後，幸福的家庭一夕之間瓦解……故事中的角色，原本在正常的人生象限裡歲月靜好，某天忽然發現日常與異常不過是一線之隔，他們不小心墜落邊界之間的黑暗裂縫，從此萬劫不復，人生的風景只剩下廢墟。罪行與惡意有時毫無道理可言，正如我們以為理性的世界，可能存在著諸種超自然的力量，而我們根本無力抵抗，無理可循的不幸格外令人感到失控的恐懼。

《閱讀既晴》集結了多篇觀點深刻的分析，結構完整、脈絡清晰地梳理既晴的小說文本，本書的分析與評論可說是另一種形式的偵探，引領讀者進入既晴的犯罪世界，照見迷宮中被禁錮的怪物們，以及它們偶然墜入裂縫的不幸靈魂。

蔣興立——輔仁大學中文所博士。曾擔任廣告文案、時尚雜誌編輯，現為國立清華大學華文文學研究所副教授，研究領域為臺灣現當代文學、大陸現當代文學、城市文學。

#【推薦序】

秀霖

如果說影響個人能夠持續默默耕耘、努力寫作的最重要作家，實非既晴老師莫屬。既晴老師對個人而言，我想甚至對其他創作者來說，老師不僅僅已展現眾多極為優異的作品，帶給創作晚輩們諸多不同類型的參考範本，本身亦致力於提攜創作晚輩，數十年來不遺餘力，帶給晚輩們的鼓舞激勵，更是影響極為深遠。

若要說台灣犯罪推理文學，最具份量及影響力的首要作家，我想也非既晴老師莫屬。既晴老師在創作上，不僅僅對於犯罪推理駕輕就熟，對於恐怖類型及魔法研究等創作一樣甚為精湛，而睽違十年的新作《城境之雨》，更可感受到故事中對於人物及社會的細膩描繪及深度刻畫。

既晴老師的眾多優秀作品及提攜晚輩的風範，對台灣犯罪推理文學的創作及評論，帶來極大的正向能量。而對於老師各部作品的相關研究，也常見於不同平台的報導、訪談或論述，甚至是學術研究論文，不過對於如此重量級的創作前輩，尚未有文學創作研究專書，難免還是有些可惜。而這本完整解析既晴老師截至目前所有創作歷程及作品的《閱讀既晴》如今問世，確實是相當令人振奮及感動的里程碑！

還記得學生時期非常著迷推理漫畫《金田一少年之事件簿》及《名偵探柯南》，當時雖尚未投入創作，不過基於對這兩部作品的熱愛，還曾在蒐集漫畫之餘，也連同將研究者所撰寫的解析書籍一同收藏。不同於翻閱漫畫故事，而是透過研究者之眼，將滾瓜爛熟的各篇推理事件，由研究者細膩分析故事設定背景、劇情編排及隱藏細節，是有別於直接閱讀漫畫的不同體驗。

而這本《閱讀既晴》的文學研究專書，對於喜愛既晴老師的讀者朋友來說，更是絕對值得收藏的難得作品。本書集結眾多經驗豐富創作者、評論者及編輯，甚至是學術界的研究者或老師們，將既晴老師的歷年作品，鉅細靡遺逐一拆解分析，更透過作品內的經典段落或與其他優異作者創作比較，以不同視點加以詮釋解讀。

對單純讀者朋友來說，是可以藉由不同背景的專家角度，再次回味既晴老師的精彩作品，同時也可以看看其他人的賞析觀點，與自己想法感受的異同。更重要的是，這本書對於創作者，或有志投入創作的年輕朋友來說，看看其他經驗豐富的專家們，如何解析既晴老師的經典創作，對於自己往後創作，或快或慢，相信都會有不同程度的正向助益。

每個人對同一件事物的觀點及感受本就不會相同，同而「共鳴」，異而「思索」。本書的所有詳細解析，或許會與閱讀者存有不同之處，但對於創作者來說，最重要的是，正如同台灣犯罪作家聯會每年推出的優質年刊「詭祕客」，如何藉由閱讀這類研究專書，透過不同專家視野，幫助自己「瞭解」、「學習」、「啟發」或「觸發」不同的創作思考，才會是創作者最實際也是最大的寶貴收穫。

相信這本以重量級創作前輩經典作品為範本，所解析及評論的豐富內容，不僅是既晴迷絕不容錯過的收藏品，也絕對會是一本對創作者思考非常有幫助的創作工具書！

秀霖——多元類型創作先後獲選台灣文學館「文學好書推薦」、中央社「每週好書讀」、金石堂「讀者最愛的書」、「年度注目推薦」及台灣犯罪作家聯會「台灣犯罪文學精選13作」，近作《人性的試煉》獲選2022年釜山國際影展Busan Story Market台灣IP代表作品。

【推薦序】

陳俊偉

第一次知道「既晴」的名字是我在偏鄉的國小服役的時候，距離現在已經時隔四年之久，當時跟我關係特別好的一年級學童也即將成為應屆畢業生。即使這段日子的回憶逐漸模糊，我始終記得在圖書室整理書籍、編排書碼的時候，曾有一位四年級的女學童對著我喊：「這一排書好恐怖喔！」我於是好奇心作祟，走到放置著未編碼書籍的書架旁，直接把整排書拿下來，優先登錄它們的相關資訊，確保往後負責管理圖書室的志工媽媽們無法輕易把它們棄置。

這一排書的出版社都是皇冠出版社，書名包含：《請把門鎖好》

（2002年）、《別進地下道》（2003年）、《超能殺人基因》（2005年）、《網路凶鄰》（2005年）、《修羅火》（2006年）、《病態》（2008年）、《感應》（2010年），至於小知堂出版的《魔法妄想症》（2004年）、《獻給愛情的犯罪》（2006年）有沒有在這一堆書裡面，我就不太確定了。這些作品的封面風格明顯都很「恐怖」。另一個共同點：既晴。是的！就是我現在書房架上擺放的那一本《城境之雨》（2020年）的那一位作者。

無論如何，我當時想了想：「把這些書盡可能留下來，這樣做……應該很有趣吧！總會啟發兩、三位小學生……至少嚇得他們不要不要。」但是、究竟、為什麼，偏鄉地區的國小圖書室會出現這麼多本「兒童不宜」的文學作品呢？這是我的小腦袋瓜無力推理出答案的謎題。同時側面說明一個道理，本世紀的文學作品在保存、傳播方面已經遠遠超過以往，除了政府本身會仰賴國家圖書館保留資訊，甚至在一些意想不到的地方也具備同樣的功能性，這使得重要作家的作品不再有散佚的危機，至少在人類文明崩解以前，機率微乎其微。

因而本書出版的功用方面並不是在間接紀錄既晴的作品，它的重點至少有以下幾項：臺灣犯罪文學的發展史、當代名作家（例如，本書中寫作成果斐然的八千子、提子墨、楓雨等，他們本身同樣值得出版自己的「作家群像」書籍）與評論者（名編輯、名師、名偵探、其他領域的名作家）對既晴作品的評論、呈現大眾文學與純文學的同異性質、文學社群的圖像建構、美學典範的變化與轉移等，還有誠如本書〈編者序〉提及的「禮物」性質，以及……對我個人而言，非常重要，本書讓「小讀書人」[1]在未來還存在著被讀者記憶、被研究者探討舉例的價值。縱使我核對了一下本書其他推薦者、編輯者、評論者的人名清單，說不定N年以後僅有我這一位邊緣人還有攀龍附鳳的需求而已……

行文最後，雖然「既晴（創作評論）十誡」的核心精神已經告訴了大家，創作評論該挖掘優點、提供養分。換言之，接球、回球盡可能要正面對待。這同時是為人處世應有的哲學態度。

1. 參考張藝曦先生對明代「小讀書人」的定義：「所謂的小讀書人，指的是地方上的一般士人，這類士人多半只有中低級的功名，或是沒有功名的布衣處士……而在面對流行的思想或文化風潮時，他們無力位居要角，而且會隨風潮而擺盪，甚至當風潮交錯時，可能為此而徘徊徬徨不易抉擇。這些小讀書人或許不是歷史舞臺的主角，但這些人反而更貼近當時大多數人的處境，藉由觀察這些二三流小讀書人的活動，我們可更具體了解一般人的生活與世界觀」。見氏著，《歧路徬徨：明代小讀書人的選擇與困境》（新竹：國立陽明交通大學出版社，2022），頁5。

但是人類的本性喜歡負面思考，筆者因此還是想要補上幾句牢騷話。本書既是一本俱備標誌性的出版品，未來甚至會出現更多仿效本書的著作，或者既晴2.0版、3.0版的評論集都很可能問世。因而，本書傳於後世並成為創作、評論、學術研究的重點參考書籍，顯然為必然的結果。這種情況下，筆者能夠留下一點痕跡在本書上面簡直是可遇而不可求的機運。考量現代的「小讀書人」在人口數量方面已經指數型增長，多如螻蟻，如果沒有給予後世一點直接、或間接的動機，縱使相關資訊保留完整，誰還願意記憶一些「小讀書人」的事跡呢？有時候不免會聽聞：「年輕人要有骨氣，不要整天想要依附有聲名的人以立名」。實際而論，這個世界很（內）捲的。被遺忘的人事物，才算是真正意義的死亡，這點對任何文字工作者而言都是如此。

故筆者願假良史之辭、託飛馳之勢，兼記相關趣事以作為軼聞，樂為此序！

陳俊偉——目前在國立金門大學擔任「大一國文」課程的兼任助理教授，因而自詡為文字工作者。閱讀習慣方面，除了維持原有的六朝學之研究能量，近期正在閱讀數位人文學、語言學、公民運動、地方學、犯罪文學等相關書籍。文章主要刊登在《人間福報》、《金門日報》、「GPI政府出版品資訊網」等。

【推薦序】二十年來的邁步

李柏青

最早認識既晴在2003年，那時我完成人生第二或第三篇自認是推理小說的短篇作品〈換帖〉，投稿「台灣推理俱樂部」主辦的第二屆「人狼城推理文學獎」。當時我對這個主辦單位與這個獎項幾無認識，只知道與推理小說有關；既晴是少數我聽過的名字，我讀過他的得獎大作《請把門鎖好》，僅此而已，我連他長相都不知道。

投稿後不久便收到出席頒獎典禮的邀請，地點是台北某出版社大樓地下室的小劇場，出席者數十人，無一識得，惟一印象便是很多人都冠著奇怪的「花名」，如「杜鵑窩人」、「冷言」之類。當屆投稿作品只有五篇，最後由林斯諺的〈羽球場的亡靈〉獲得首獎。典禮結束後，一位「大哥哥」過來塞了只信封給我，說：「有些人說話比較直，不要太在意」。

信封裡裝的是評審的評論，有些評論是，嗯……真的滿直的，事隔多年我依然記得。而拿信封給我的人就是既晴。

沒獲獎或很直的評論我後來也忘了，頒獎典禮一個多星期後，我突然接到一通陌生號碼的來電，是既晴打來的，他說，他可以看得出我的作品除了推理之外還想寫點什麼，他建議我去讀勞倫斯·卜洛克的作品，最重要的是：繼續寫下去。

我們那通電話講了一個多小時。後來認真地讀了卜洛克，卜老的作品相當程度地影響了我的推理寫作；我也聽了既晴的話，雖然斷斷續續，但一直寫作至今。

距離既晴的那通電話快二十年了，我不禁會想，當年既晴以一個成名作家之姿，為什麼會打電話給我這個落選的參賽者呢？如果當時沒有這通電話，我現在還會寫小說嗎？會寫推理小說嗎？會是什麼樣的推理小說呢？

之後我讀既晴的作品，以與他有許多見面、合作的機會，我慢慢體會到他對推理、台灣推理的熱忱，乃至一種宛如傳教士般的使命感，這使得他擁有很強的力量，一如他的作品一樣。

很高興看到《閱讀既晴——台灣犯罪文學作家群像》這樣一本作品的出現，看到那麼多的人閱讀既晴，感受其作品，然後將那感受再化為筆下的內容。我想，這就是既晴這二十年來一直寫、一直推動與鼓勵，為台灣推理向前邁出的一步吧。

李柏青─台灣台中人，台大法律系畢業，台灣推理作家協會會員，理想是以作家為職業，法律為副業，不過現實正好相反，曾旅居瑞士，目前已回台灣定居。寫作以推理與歷史領域為主，出版有歷史作品《滅蜀記》、《橫走波瀾─劉備傳》、《亂世的揭幕者─董卓傳》，以及推理作品《親愛的你》、《最後一班慢車》、《歡迎光臨康堤紐斯大飯店》、《婚前一年》。

【推薦序】

陳力航

俗話說「不打不相識」，我與既晴的認識便是如此，只不過我們不是「互毆」，而是一同被打。為什麼我們是一起被打？被誰打？這不好說，也不重要。因為，打我們的人終究會被時間跟潮流吞沒。我受歷史學訓練，重視的是換位思考，從不同角度來檢視同件事情。如果轉念一下，我因為被打，而認識著名的推理小說家，想想也是意外的收穫。

我以前不太看推理小說，比較常看影視作品，像是《神探伽利略》、《神探夏洛克》等。影視作品有畫面，聲光效果好，雖然比起紙本書好進入，但若沒有這些原著作品，哪來影視作品呢？前面提到的《神探伽利略》、《神探夏洛克》都有原著作品，認識了既晴之後，先是聽聞他的作品《沉默之槍》改編影視，接著他的大作《請把門鎖好》重新出版。我覺得很好看，但我不能爆雷，所以，希望讀者可以實際買來看。

《請把門鎖好》的時空背景是高雄，如此結合真實背景、恐怖、犯罪、驚悚、魔幻，往往能使讀者更有共鳴，書中不時出現真實社會案件對照，與各種的學理、邏輯推演，在在顯示既晴在田調、細節鋪陳上所下的功夫。而《閱讀既晴——台灣犯罪文學作家群像》這本書，主要是從既晴的各部作品切入，不只談論作品中的各種元素，也有各名家對既晴作品的評論，我建議讀者，應該先儘可能地閱讀完既晴的作品，就能體會本書的醍醐味。

如果是既晴長年的書迷，可以在閱讀這本書後，重新拿出他的各部作品來回味，或者是將新舊《請把門鎖好》擺在一起比對閱讀，來推敲既晴增補了哪裡，何以既晴要如此增補，背後的邏輯為何，想必也是一番樂趣。

談完了我如何與他認識，以及作品之後，我認為談論一位作家，必須要從多方面向來審視。既晴在推廣文學上，也很有貢獻，我要談的正是犯聯，犯聯是「台灣犯罪作家聯會」的簡稱，是由既晴在2020年創立，它作為一個作家的組織，充分的發揮效用，我也因此得以參與許多有趣的活動。舉例來說，2022年2月，我們在花蓮檢察長宿舍的書展，就是會內成員發揮所長的結晶，既晴與敍銘負責整體協調、策劃。Zenky設計出非常美的主視覺與書籤，我和雅玲則負責尋找展品，並且提供歷史層面的協助。除了書展之外，犯聯的年度重要活動——「詭秘日」，也頗具意義。而去年與今年的詭秘日，不僅出版雜誌《詭秘客》，會場也是作家們與出版從業人員交流的平台，去年我有與會，今年雖因確診而無法前往，但透過線上參與，我也能感受到場面的盛大，相信《閱讀既晴——台灣犯罪文學作家群像》這本書，一定會在未來引起一陣風潮。

陳力航——出身宜蘭醫藥世家，成大歷史系學士、政大臺史所碩士，東京大學外國人研究生，現為獨立研究者，專長為日治時期臺灣史，著有《零下六十八度：二戰後臺灣人的西伯利亞戰俘經驗》（前衛，2021）。

【編者序】

一份「遲到」的禮物

洪敍銘

2020年9月，台灣犯罪作家聯會成立，創立初始還是一個「秘密組織」，所有的企劃與構想都保密到家，有著非常神秘的氛圍；既晴作為聯會主席，當然是最重要的精神號召與核心。不過，這個組織並不是憑空而生，創始成員可能因為各種不同的原因，彼此間有著與既晴或深或淺的連結。以我而言，我投入台灣犯罪小說的研究可能還不及十年，與台灣推理文壇的接觸，甚至要到了碩士論文出版之後，在活動中或藉著書介評論的探索，有了踏出學術圈子的契機。

至今仍然覺得有趣，也頗有緣分的是，我的研究主題是「本格復興前的台灣推理小說」，意即這樣的主題必須先行地將台灣推理小說的發展劃出界線，更準確地說，這條界線明確地以既晴為基準，在研究範圍上，粗略地進行了分期；換言之，我的研究專注在既晴《魔法妄想症》出版前的其他台灣推理小說，甚至是有意忽略本格的類型傳統，而鎖定在地方研究之上。在當時，我甚至還不認識既晴。

後來在一次講座活動後，在時任秀威資訊主編喬齊安的邀請下，我們與其他推理界的朋友在餐廳與既晴有短暫的相聚，那時我雖提早離席，但在交談中，我突然意識也體會到埋首研究的過程中，與作家或創作者對話的重要性。

後來既晴常在各種場合，傳達他對台灣犯罪小說發展史建構的焦慮，作為新世代台灣大眾文學的代表作家，他很早就以「年表」的形式，為讀者整理出1980年代起重要的代表作品及其時代意義；不過他也自嘲自己有一段將近十年的「空白」，在密集出版小說新作的2000年代後，既晴似乎在台灣的大眾文壇銷聲匿跡。

這種「斷代」對作者而言，或許都必須面對那種難以避免的傷害，一方面是重新回到犯罪創作時必須付諸的努力，另一方面是讀者的重新接受。在這種如履薄冰的情境下，2020年9月《城境之雨》在犯聯成立後隨之出版，宣告既晴的回歸。

然而，在出版前的「意外插曲」，就差那麼一點讓這本睽違十年的作品從此雪藏。我還記得那時許多晚上我和既晴討論這件事情，我想我始終無法真正地理解對創作者而言「書寫」的意義，但我嘗試著以研究者的角度，與他談論文學的重要性，最終還是必須體現於當代生活——即如《城境之雨》的創作背景及它所欲表現的宏大企圖上。

也差不多在那個時候，我開始萌生了這本《閱讀既晴：台灣犯罪文學作家群像》的編輯想法。在我的經驗中，曾有幸參與了林斯諺《床鬼》和葉桑《天堂門外的女人》兩本短篇集的出版企劃，邀請不同的評論者逐篇或逐章的進行解說，此舉提供了讀者在閱讀小說後新的詮釋角度或空間，儘可能地可以在主觀的閱讀感受之外，獲得延伸的思考甚至新的啟發。

不論市場的評價或反應為何，我始終覺得評論是一件必要的事，回到文學必須貼近生活的論點，如何表述、分析文學之於生活的途徑與特點，甚至在不同文本間的呼應、對話、交流，或許也能構成另外一種閱讀的樂趣，這也是我認為研究者或評論者的任務，也期許自己能夠做到的事。以此，我希望本書能夠帶給讀者的，是對於既晴從作品到創作觀，再到發展史位置上的一種重新認識與理解。

當然，《城境之雨》出版至今已逾兩年，這也表示本書的出版歷程並非一帆風順，除了稿件的徵集外，當然還有許多內容、路線調整的討論。而本書得以出版，首先必須感謝尖端出版與總編輯呂尚燁在這個嚴峻年代下的支持，還有犯聯成員提子墨、喬齊安、黑燕尾、八千子、楓雨，以及好友陳木青的義不容辭，他們以其專業的見解，相當深刻地以長文的形式，解析了既晴過去曾出版的每部小說作品，我想這是台灣類型文學中，還沒有嘗試過的壯舉；此外還有針對《城境之雨》一書的各家書評，包含朱先敏、呂竟、李岱樺、李忠達、邱亦縈、陳延禎、劉建志、簡君玲等人，他們能從各自熟習領域的角度，看見文學之於世代，或基於己身的意義、價值與感受；也感謝我的學妹謝瑜真在與既晴實際的訪談後，所整理撰寫的後記，如何在一本評論集中讓作者巧妙地「現身說法」，一直都是困難卻也重要的事。當然還有洪建煉先生慨允他的攝影作品，作為本書部分章節的插圖，強化了既晴作品中非常突出的異域特徵；以及幼荷一次次的跨刀協助，和給予本書推薦與祝福的蔣興立、李柏青、秀霖、陳力航和陳俊偉等幾位老師與創作前輩。

最後，也感謝既晴。

本書在出版之前，一直都是秘密地進行，兩年來讓既晴一無所知，因為我由衷地希望這是一份給他的、也是給台灣犯罪文壇的禮物。我常開玩笑地跟既晴說，我可能是他遇過最不受控制的工作夥伴，也因此，本書的評論內容並不存在他的個人意志，而是「讓作品說話」的一種代言的運作，這或許也是他想要實現的一種願景。

不論如何，這份禮物著實是「遲到」了，也很高興它終於能和讀者見上一面。

【導論】

從評論看見世代
——打開一本名為「既晴」的評論集

一、評論之必要

2021年，既晴撰寫了一篇名為〈創作評論十誡〉的短文，目前僅曾在台灣犯罪作家聯會的交流群組中流傳，尚未正式公開發表。當然，這樣的題名，很容易讓人聯想到Ronald A. Knox在1928年所訂下的「推理小說十誡」（Ten Commandments of Detection）。不論是何種誡條或原則，都隱含著表層與深層的兩種意義。就表層論，「如何寫」以及「為何而寫」，向來是類型文學創作者在其書寫歷程中，亟欲找尋的一種表述途徑——當然，以現今的觀點重新觀看「推理小說十誡」，某些原則早已不合時宜，但某些卻仍作為該文類根深蒂固的核心內裡與基礎；而就深層論，所有的「定義」，都暗示「需求」的日益迫切，當有越來越多創作者投入特定文類的創作，規範、法則與限制這種「誡條」，遂成為應需求而生的某種必然結果。

從這個角度來看既晴的〈創作評論十誡〉，他首先將文學評論分為「對創作有益的」與「對創作有害的」兩種，簡單地說，評論存在的必要與價值，是提供創作者讓作品變得更好的養分，而絕非戕害創作者身心的毒藥。

以此，既晴舉出了以下十個原則，界義了所謂的「文學評論」：

1. 評論中無須批判類型前提。
2. 評論中無須論述你個人內心理想中的創作是什麼樣貌。
3. 評論中無須以個人經驗來判斷故事情節的合理性。
4. 評論中無須對故事設定的安排或例外，進行無限上綱的質疑。
5. 評論中無須批判作品有錯字、慣用語誤用。
6. 評論的焦點應該以作品為中心。
7. 評論時盡可能試圖理解創作者的意圖。
8. 評論時應盡可能挖掘作品的優點。
9. 評論中無須引用外國傑作來把對方的創作比下去。
10. 假使你認為作品真的沒有任何優點，可以這樣做：沉默。

推理小說十誡的內容，主要環繞故事脈絡的鋪排，與之相似的是，既晴的〈創作評論十誡〉聚焦在「作品」本身，評論者要完成的，不僅只是閱讀，更重要的是應嘗試理解、挖掘創作者的意圖，藉以連結其他外圍的經驗反射（如：個人情感、成長歷程）或研究資料（如：海內外相似主題作品的比較），他認為，評論並非一種單純的評分系統，也不是裁罰優劣的工具；作為一個評論者，需要做的是避免流於主觀的情緒影響對一部作品的解讀，然而卻仍然需要主觀地，應用每個人所學、所見聞、所熟習的專業素養或獨特經歷，解讀小說字裡行間的細節與玄機，以此，或許能夠獲得在文本層次的推理之外，更多元、更廣闊的解謎樂趣。

本書的創作與編輯，大抵上依循既晴〈創作評論十誡〉所訂立的原則而來，但必須提醒所有讀者與評論者的是，每個文字、每句言語以任何形式顯現於這個世界上，並且開始與另一個體產生互動時，「客觀」就不可能存在；因此，評論絕對不是一種對於「客觀」的追求，而是一種生命經驗「共鳴」的探尋；意即，每個獨立個體都有其獨一無二的成長歷程，然而，透過評論，是否能夠架起小說創作與現實世界相互融涉的橋樑？事實上是本書最想要深入探究的事。

二、各章節概述

以此，倘若讀者期望更深入地進入作家的創作層次，對本書而言，以評論作為切入的視角，某種程度上是既「結構」又「解構」的途徑。畢竟觀諸本書各篇評述，不難發現不同的評論撰稿者即便採取的觀點不盡相同，然而卻均能從台灣犯罪小說發展史的觀察，界定了作家既晴的「位置」，進而更加清晰地為既晴小說的讀者描繪出文本外部的作家輪廓——而且是具有「歷時性」探索意義與價值的；換言之，如何在看似各自分述的評論中，尋繹作家透過不同小說作品所欲傳達的核心關懷甚至成長，遂為打開本書的一把鑰匙。本書各輯的章節概述如下。

輯一：發展史中的本土「座標」，本輯所關注的是將作家置於文類發展脈絡中，他們最具辨識性的小說元素與特徵，如何和時代、環境甚至是生活產生呼應與連結？本輯收入文學研究者洪敍銘〈台灣犯罪小說「自然鄉土／城市景態」的恐懼生成〉一文，該文以「鄉土」、「城市」兩個看似截然不同的空間景觀，及不同的恐懼生產路徑為探索焦點，引導讀者看見：（一）「恐怖」元素是以何種方式置入既晴的小說脈絡；（二）既晴小說中的恐怖生成的邏輯；（三）既晴小說與其他具有相似主題的台灣犯罪小說的相似或相異處。該文作者發現，既晴小說中不論使用自然鄉土或城市景觀生成恐懼，都能掌握「異域化」及「異常」與空間的連結，創造出一種特殊的「封閉性」，它既能推動推理解謎情節的合理性，亦能強化更加懸疑性的閱讀感知。

輯二：重探既晴的犯罪小說世界，本輯以既晴過去出版的所有單行本作品進行逐篇或對比式的探索，共收錄七篇文章。本輯的重點在於，評論者嘗試以當代的觀點，重新探索文本內部的創作思維與邏輯，以及文本外部與時代語境間的連結。有趣的是，觀諸這七篇評論長文，不難發現論者仍大多聚焦於「恐懼」、「魔法」等為讀者所知的關鍵詞，然而卻能更加深入地賦予這些詞彙更深層的意義，例如，喬齊安〈犯罪推理第一人的第二張臉孔，以「瘋狂」為名陷入恐懼的輪迴〉一文先以既晴及其他國家作家作品為例，勾勒出他在台灣大眾文學中的位置與特色，再從傳播、行銷的角度，剖析了《魔法妄想症》、《病態》二書在恐怖特徵描繪之外，更積極地與文壇、甚至文學觀對話的可能。

八千子〈恐懼的符號與記憶的魔法〉一文，以《請把門鎖好》與《別進地下道》二書為主要的探索對象，標誌出既晴小說「奠基於純粹推理性的恐怖符號」及「黑魔術的記憶魔法」兩大特點，發現既晴擅長透過空間秩序的衝突與再重組，不僅創造出情節的轉折、閱讀的刺激體驗，同時也賦予了不同空間符號的象徵意義；提子墨〈魔幻超自然現象與暗黑網路世界相通之處〉一文，該文最為特殊之處在於作者援引真實性的案例或判例，架起小說與真實世界的連結橋樑，並深度闡明與評析《網路凶鄰》中的超自然現象，與彼時興起的網際網路世界同樣虛實交錯的一種錯亂、混亂，讓身處於資訊時代的當代讀者得以掌握真正的危險，或許正散布於人們再熟悉不過的日常習慣與場域，而有非常積極的警世意義；楓雨〈爐火純青之後〉一文，借用了倪匡先生於《請把門鎖好》的推薦語為題，呈現《超能殺人基因》與《修羅火》二書在台灣大眾小說的在地化發展歷程中的特徵。該文分別以「女性角色的塑造」、「傳統元素的翻轉」、「台灣元素的呈現」三個面向，既說明了既晴在兩本著作中的嶄新嘗試與挑戰，也闡述了既晴在「小說在地化」議題中的嘗試，更可能是一種「本土作家的自我期許」，以此積累更為強大的創作能量。

除了長篇小說外，既晴的《感應》、《獻給愛情的犯罪》二本短篇合集，則分別有黑燕尾〈你是剛從一場夢境中逃脫，還是正做著一場以為醒來的夢〉、賴特〈以死亡描繪愛情的形狀〉兩文進行評述。黑燕尾認為既晴在《感應》中創造了都市空間的「狹縫」，進而在這個異常空間產生了幻想敘事，其特色在於小說創作者如何在讀者習以為常的社會日常中，激發人們對於「異常」的好奇，也因此，讀者得以藉由故事的情節張力與吸引力，獲得具有「娛樂感」的體驗，但同時正因這些小說情節的根源來自合理現實的社會層面，便能強化大眾的「共感」，對讀者而言就有了「實現」於當前社會體制下的可能，進而有了更為強烈的印象；賴特則認為《獻給愛情的犯罪》最為突出的特點在於對於人物關係及其深沉心理狀態的掌握，以及在情節中環環相扣的鋪陳與開展，該文指出小說所有人物每一段「愛」的關係，都包裹著不論是自殺、謀殺、誤殺、錯殺等不同形式的「死亡」，而且他們都一致且深刻地展現出情願承受巨大代價的「奉獻」思維，也因此，人物間愛恨情仇的糾結，更深層的探觸了「為愛奉獻」的價值觀與邏輯，使得這本小說得以放置在當時與現代的社會脈絡中，理解那些被視為禁忌的艱難與悲劇。

值得注意的是，上述評論多不約而同地與既晴於2020年出版的作品《城境之雨》相互對話，不僅嘗試解答了偵探／作家在時光遞嬗間的成長與改變，也看見更多對於既晴未來創作的期許或期待，這也顯示出陳木青〈在城市中按圖索驥〉一文推論的重要性，該文以「偵探形象的建構」、「城市地景的摹描」、「多變人性的刻劃」等三個面向，詳盡地分析小說所收錄四個短篇的綜整性特色，在細緻的文本分析中，領著讀者以某種走讀式的地圖探索，重新看見小說中重要場景、對話的意義，並更直指《城境之雨》中的台北空間景觀與人性間的關聯，在這種「現時」書寫的嘗試中，顯得更加獨樹一幟。

輯三：城市裡那場不會停的雨，延續輯二的討論，收納了更多聚焦於《城境之雨》一書的專業評論，共計八篇。這些論者的身分除了有同為小說創作者，也有編輯、研究學者，更有在教育實務現場的教學者，期待在「閱讀小說」的基礎上，為讀者開展別開生面，也存在多元觀點、視角的評述內容。例如，呂竟〈泡沫裡的真相〉以「台灣味」為探索主軸，肯定了本書在抽絲剝繭的推理過程中，如何帶領讀者反思「真相」

的意義；李忠達〈懸疑幕後的人性蹤跡〉則認為偵探在小說中的作用，除了是一種製造懸疑的敘事技巧，更能透過堆疊讀者的情緒，強化人性衝突的面向；陳延禎〈雨季〉則以詩意的方式，表現出《城境之雨》的深刻之處，該文關切小說中偵探、助手、委託人及其他人物間的互動關係，追索出屬於台灣在地的人際互動關係。

在文體的探討上，李岱樺〈低調的超級英雄〉一文以影視改編為切入點，探究作為影視文本的〈沉默之槍〉成功打動台灣讀者的關鍵，在於貼合台灣的題材及鄉土性，再將這樣的觀察置放於其他短篇故事中，便能更清晰地看見既晴的宏大意圖與用心；邱亦縈〈雨中的火焰不息〉一文則徵引歐美的文本與研究材料，梳理本書諸作體現於社會正義、社會環境等面向的觀察，並強調小說若要成功引起所謂的「社會功用」，必然需要奠基於現實生活的真實性，反映人性的怯懦或勇敢，即著重理性趣味的同時，也需涵納對人性的反思與關懷。

劉建志〈下在城市邊境的冷雨熱血〉與簡君玲〈走在下雨街道的老靈魂〉兩文則不約而同地透過偵探在城市空間中的步履足跡，閱讀到一種「群像」——可能包含人物角色或者社會集體意識的呈現。劉建志認為，本書四個短篇的命名與其中心意旨巧妙且緊密的連結，故事主角的「群像」，即是城境（城市邊緣）的人群，他們信任且跟隨著偵探解謎步伐，也體現了他們的掙扎、困窘和想望；簡君玲也認為故事中委託人對於真相解謎的期待，終將彷彿光亮一般，穿透沉鬱的霧霾、帶來希望，儘管微小，卻仍然是一條趨近美好的線索。

朱先敏〈推理的挑戰不在證據，而在人心〉一文，同樣肯定了本書於在地化實踐的努力，以及對時間與地方感互動的掌握上，不過該文也指出作者在女性角色刻劃上較缺乏多元性的觀照，在女性形象及其遭遇上的同質性，也可能成為一種雖然瑕不掩瑜，卻終究令人略感可惜的缺憾。

輯四：後記，在思索如何於本書中，加入「作家既晴」的身影，是本書編輯最後階段面臨的一大難題，畢竟一本以單一作家為主體的評論集，是否讓作家「現身」，或許就可能會引起不同的討論意見。因此，本輯最終收錄謝瑜真以「後記」的形式，取代原先「訪談錄」的規劃，〈另一種代言：永遠無解的是人的心靈〉一文的整理與撰述的材料，來自於2022年10月31日謝瑜真與既晴的線上訪談，再透過她的吸收、轉化，呈現出一種代言關係，或許這樣的形式，與本書的構成產生了某些不謀而合的對讀趣味。

三、回首群像後的展望

觀看2000年前後，「本格復興」所造成的風潮與實踐，新世代作家們與網路社群的新興媒體力量的結合，表現出「本格復興」不僅只是對主流純文學的反動，甚至也是對傳統價值下的文學載體的挑戰，使得台灣新世代推理作品的大量出現，逐漸顛覆了台灣推理文學場域中的主流典範與價值。

這種「主流」的想像，具體地反映在擁護並宣揚「本格復興」的作家與評論者，對「本格復興」以前台灣推理小說的重新檢視與觀察之中。例如，作為「本格復興」主導者的既晴製作的「台灣推理文學年表」，以自己的作品《魔法妄想》為分界，認為2000年後「以既晴為首，受到網際網路的影響，以及各種流派的翻譯推理大規模引進，終於反映在台灣推理創作上」，這個時期的特色在於「融合了前衛、新銳的創作理論，台灣推理有了更充沛的能量」（既晴，2004：330、331），明確標誌「新世代」推理的出現；在早期《推理》雜誌中頗具份量的評論者傅博，也在〈台灣推理小說新里程碑之作〉一文中，一方面評2004年前的台灣推理小說：「從推理小說的土壤（空間）和繼承（時間）問題觀看，台灣二十年來創作之不成熟，是從播種至開花結果之摸索期間，必須經過的路程產物」（傅博，2004：269）。另一方面更將2004年視作「台灣推理小說新里程碑」、「更上一層樓的第一年」（傅博，2004：272），在本質意義上，已劃開了台灣推理新／舊世代的分界。

既晴在台灣推理文壇的發跡與成長，正好位處這個世代交替、文學思潮與風潮也正風雲變色的風口浪尖，這創造了現代讀者重新閱讀、甚至研究既晴小說作品的空間與必要性。從時代背景的因素來解讀，「本格復興」最終仍然不可避免地具有抵抗當時主流推理文學體系的意識，同時，透過遠離文學性與社會性的美學價值標準，樹立推理文學內部新的典範意義與價值，既晴以他自己的作品，描繪出台灣推理的新／舊的界線的具體形狀，當時以「人狼城」為核心的新世代作家，陸續開始投入創作，與方興未艾的網路資訊傳播所帶來的劃時代變革，造就一段不容忽視的發展史意義及不可磨滅的價值。

本格復興宣言後二十餘年的今天，我們能否在既晴〈創作評論十誡〉的基礎上，反向地解構其小說作品所隱藏的這些訊息？或許是所有的評論者，一些責無旁貸的任務。

參考文獻

既晴（2004）。〈台灣推理文學年表〉（杜鵑窩人，審訂）。載於既晴，《魔法妄想症》（頁330-331）。小知堂。

傅博（2004）。〈台灣推理小說新里程碑之作——《錯置體》〉。載於藍霄，《錯置體》（頁267-272）。大塊。

輯一．發展史中的本土「座標」

台灣犯罪小說「自然鄉土／城市景態」的恐懼生成

洪敍銘

一、前言

美國恐怖、科幻與奇幻小說家洛夫克拉夫特（Howard Phillips Lovecraft）在其1938年出版的《文學中的超自然恐怖》中，界定了「恐懼」的範圍：「人類最古老而強烈的情緒，便是恐懼；而最古老最強烈的恐懼，便是對未知的恐懼」（陳飛亞譯，2014：1）。此一概念隱含的意義，在於「恐懼」是一種出自於人們對「未知」事物，尤其是超自然的、形而上的、無實體的或溢出日常邊界的合成物的聯想、牽引或勾連，進而在現當代類型小說的創作實踐中，特別能夠產生跨越時空、文化語境的「共感」，形成更多與不同題材相互融涉的表現形態。

段義孚（Tuan Yi Fu）曾明確地指出這種只有「人」才會產生的特殊感知在文學或影像載體中的傳播性，在於人們對超自然界邪惡的警覺性，使人能看見幻象世界中的巫婆、鬼和怪物，這是其他動物所沒有的恐懼，而這些警訊與焦慮，通常來自於較高的心智能力與較大的情緒變化幅度，以及藉由「想像力」所創造出關於恐懼的類型（潘桂成譯，2008：17）。這意味著「恐懼」得以被人們以各種形式具象化並傳播擴散，進而放大其中的效力與強度，形成某種「集體性」。而犯罪文學作為大眾文類的類型之一，基本上直接呼應著現下社會的價值與集體情緒所衍生出的文藝類型（楊照，1995：32），尤其在網路資訊與媒體發展快速的當代，傳播的速度與廣度更加無遠弗屆。

也因此，我們能在海內外具有恐怖元素的作品中發現，作者往往必須劃出一條邊界，創造另一個與「現實」對應的世界或「話語空間」，這讓故事情節多少讀來有些突兀、詭譎的「異域化」（陳國偉，2013：219）感受，如常見的陰沉、鬼魅場景與氛圍，為接續上演的失序／失控或非常態情節，布置好絕佳舞台。

觀諸這些作品中的場景，絕大多數的異域化場域，大多都是「鄉野空間」，其最能被辨識的特徵，在於封閉與偏遠的地理特性，能夠有效地強化敘事氛圍的異常狀態（如：謀殺、鬼怪或恐怖事件），及其發生或產生那些匪夷所思或令人意外的事件之合理性；但反過來說，正因小說情節中關於自然鄉野封閉與偏遠特性的塑造，或多或少都帶有作家有意識的某種「預設」，在文本層次外，亦推升了人和自然之間緊張與對立關係，促使人們能透過空間變異所激發的「想像力」，讓這些具有恐怖元素的場景得以應驗，甚至朝著超自然的方向，形構鬼魅、靈異的氛圍，生產另一種未知恐懼的心理。這種源於自然鄉土的恐懼創造，遂成為台灣犯罪小說中，最為常見的具象化與定型化的主題之一。

另一方面，尚有一部分的台灣犯罪小說，則著力於刻劃都市裡的恐怖場景與因子，不論是挪移了詭奇建築物的「館系列」傳統，或另闢蹊徑地透過錯綜複雜的人際往來關係，構築繁複、令人細思極恐的巨大陰謀，並專注於心理空間的建構，這似乎出現了與異域化的自然鄉土近乎完全對反的敘事邏輯；城市景態的書寫及其探索嘗試，無論如何都難以在敘述中，排除被「見證」或被「目睹」的不確定性，因此，如何在看似日常的都市生活情景中，凸顯犯罪或其他異常事件帶來的恐懼感，則更是此一類型關注的焦點。

從實際的文本來看，這些圍繞鄉野空間或都市環境的描述與想像，時常與鬼魅、幽靈或古老生物、怪物的形體互有關聯；從另一方面，對於「未知恐懼」的描寫縱然恐怖，但那畢竟還是作者通過經驗轉化的人造空間，或可視為一種文本外的、作者對讀者的異域邀請，也就是說，一旦讀者闔上小說，這種體驗將被阻斷，也很難複製到書本外的現時世界。因此，有關「擬真性」的限制，也成為現今探究類型創作中恐懼塑造及生成模式時，必然需要關注並分析的議題。

由此，古今中外堪稱經典的恐怖元素應用，就必須在不同的地域環境中，擁有各自的在地性轉譯，但不論是杳無人煙的荒嶺、奇異迷詭的建築或都市裡變幻莫測的人心，都必須添加大量的「已知」元素，例如，習以為常的生活景態、得以對應的真實地景、擬真的人物形象、對話內容、社會事件……等，因為唯有如此，才能賦予恐怖敘事穿越載體而

「成真」的可能，讓人們理性上認為不可能真正實現的未知恐懼，多了幾分警世、預言甚至是既視感、與現實對應的成分。

在這樣的討論中，本文將沿著「自然鄉土」和「城市景態」二個恐懼生成的脈絡，以既晴的犯罪小說為主要對象，一方面討論其作品中的「恐懼」如何被塑造？這些異於常態的事件甚或伏筆，又如何運作、調動讀者的閱讀心理？並以其為出發點，兼及其他台灣犯罪文學作家林斯諺、寵物先生、提子墨作品中與之產生對話空間或相互映證的內容探究，更進一步地探討如何將這些作品表現的恐怖敘事，置放回台灣犯罪文學的發展歷程中進行理解。

二、異域化的空間、異常的邏輯

作為2000年後台灣大眾文學代表作家之一的既晴，他擅於在推理解謎的敘事中，融入巫術、魔法、神祕傳說等元素，賦予人物關係、地景空間格外異常的想像，藉此連結後續故事情節中，不論謀殺推理、懸疑解謎、玄異鬼怪或恐怖敘事，皆由於這層前導性的特殊設定而具備推演的充分合理性。

例如，《魔法妄想症》中「鬼輪魔舞」的相關敘述：「我聽見淒厲的尖叫，充滿整個空間。我瘋狂地隨著尖叫的抑揚頓挫起舞，拚命地旋轉我的身體。眼前的景象愈來愈難以辨識，我的腦袋發脹，天空崩潰地面震裂！」（既晴，2004：67）藉由幻影及死靈魂的現身，刻意以囈語式、近乎發狂的語言及文字，塑造出詭譎的空間場景，這種異化感赤裸裸地呈現，不僅牽引出故事角色對於未知感與死亡的顫慄，也使得讀者在充滿懸疑詭異的氣氛中感受到不安與驚悚；對讀後述的高組長探案情節的敘述：

> 男人倏地站起身來，突如其來發出一長聲淒厲的慘叫，幾乎震破了高組長的鼓膜。……
>
> 那男人方才蹲踞在木箱中，頭已很奇妙的角度傾斜，而，在他站起來後，這樣的角度仍然沒有改變。他的雙臂向天空舉起，如同羊癲瘋發作一般，全身痙攣似地不住扭動，並且出現以左腳為軸在原地旋轉的動作。……喉間發出喀啦喀啦的怪聲。（既晴，2004：90）

相較於前述以第一人稱視角的主觀感受，藉由第三人稱所見的情景，可說是更加完整地從聲音、身體姿勢、令人驚嚇的突發狀況，寫出男人的異常行徑，同在完全無法理解的行為表現中，也側面地顯露出空間因怪異的身體角度而產生的扭曲、異化與無理性邏輯的思考，構築出做為事件本體的斷頭命案背後，更加龐大且複雜的「魔法」與「巫術」思維，展現更為繁複的推理體系。[1]

除此之外，偏遠的鄉野空間裡出現的怪異建築物，也是十分常見的異域化空間想像的類型，通過疊加「怪上加怪」的懸疑感，更加快速地建構出非日常的經驗與情境，既晴的長篇小說多有極為相似的敘述，例如，「磨石子地板從腳底傳來粗糙且凹凸不平的涼意，我兀自感覺到房內充滿陰冷的濕氣」（既晴，2003：80）、「這是一棟形狀扭曲、顏色奇異的建築物」（既晴，2004：66）、「現在的大廳十分冷清，從毫無裝飾、規律地佈著角形窗戶地寬闊對牆外，透進了微弱的光線，使得空洞的大廳給人一種幽冥的不快感」（既晴，2005a：49）、「水塔的後面架著幾塊夾板，形成了一個低矮、約有一坪左右的正方空間。只要把擱置在地上的夾板立起來，這個房間就完全不會被發現」（既晴，2006：54）。然而有趣的是，回到文本的故事層次，這種異常對小說人物而言，往往真的是超乎理解，因此這些人物也時常感到深沉的困惑。最突出的例子，是《病態》中曹民哲再度造訪北投區舊式木造建築林立的小靜末端的古色湯屋，他所感受到的「異常」描寫：

> 一踏入內，浴室裡水霧濛渺，濃得超過曹民哲的預想，令他感到意外，也使他的視線僅剩咫尺。他來這裡這麼多次，還是第一遭出現這種景象。（既晴，2008：12）

1. 此處所言的「魔法」與「巫術」，在《魔法妄想症》的情節敘述中，自然是一種「可被實現」或「可操作」的詭計，然而在執行手法與事件真相被揭露前，「魔法」與「巫術」指向「不可能犯罪」的各種探問與探索，亦是此一時期許多台灣犯罪小說中亟欲挑戰的本格核心。

「超乎預想」、「第一遭出現」所描述的是這種既古怪又新奇的「初體驗」與鄉野空間中的建築物相互連結，即此時曹民哲並沒有意識到身體周遭的空間已從熟悉與信任感，逐漸產生異化與變動。因此，當他發現「異常」為何時，他的反應是：

……就在此刻，他的耳邊突然傳來一個陌生的男聲。……此刻雲霧稍散，曹民哲這才發現與他只有伸手之遙的距離，坐了一個老人！靠得太近了！他的反射神經令他立即逃開他的身旁，但浴池的地板太過滑溜，導致他重心不穩，身體一傾，整個人立刻跌入浴池裡。（既晴，2008：14）

在這段敘述中，曹民哲發現身邊的陌生老人，他是立刻「逃開」的，因為這個異常經驗完全出乎他的意料，他是真切地「被嚇到」了，這種因驚嚇而後產生的恐懼，相當程度地反映出無論地理空間或人物行為的異常變化或感知，其背後深層邏輯仍回歸具有高度封閉性的鄉野與自然鄉土想像，因此越超乎常理邏輯的情境，越能增添小說中的幻想性與神祕性；此一脈絡的犯罪小說，多是運用了這樣的手法，當人發現日常中所隱藏的異常，如同曹民哲「跌入浴池」的誇張舉動，人與空間的關係遂發生變動，而這種「發現」，除了創造出實踐謀殺或犯罪事件的契機，兇手與偵探間也有了對決的舞台；從另一個角度來看，推理解謎的目的，固然是一種從失序回返秩序的過程，但這些「異常」的倏然出現，不僅改變原有的人際關係認知，小說人物所察覺的「異狀」，往往都是從發現了「空間」的變化開始。更深入地說，一旦小說中的人物停止了他們的懷疑，或他們突然理解了這個異常經驗的實際指向，那個瞬間通常都是謀殺案發生的時刻，即如Tim Cresswell所認為的「逾越」界線，以及隨之產生的「罪刑」（王志弘、徐苔玲譯，2006：47）[2]。

沿著這樣的觀點，《超能殺人基因》將埔里設定為事件發生的場景，並且與法國、德國等異國異地城市產生跨國性的連結，也就有了另外一層的意義解讀。小說中對埔里的敘寫是：

> 「埔里」在泰雅族的語言裡，是「星星之屋」的意思。據說在一百多年前，清朝漢人進駐埔里盆地時，泰雅族人由高處俯瞰埔里的夜景，就會看到一片由萬家燈火交織而成的爍亮星原。顯然，那時的埔里鎮即已十分繁榮。
>
> 但是，現在看不到埔里鎮的星海，也看不到雲層上方的星斗。我想，九二一地震之後，星海一定也像現在這樣，全都熄滅了。（既晴，2005a：70）

陳國偉指出既晴通過台灣埔里、法國聖雷米、德國巴伐利亞的連結與對應，創造出謎團的複雜性，主要來自於日本新本格的某種「指示」（島田莊司，989：54；陳國偉，2013：191），因此這個跨國案件，與早期台灣犯罪小說述說案件相關人士因故事發展而出奔海外的型態，或是人物原始生活環境就在國外的敘事起點有所不同（陳國偉，2013：191-192）；島田莊司指出城市的「乏味」，仍是一個城市的界定問題[3]，即一個本土城市不論因為何種原因使其在小說中無法具有明確在地性，都可以透過與外來城市的對比，反向地界定出本土城市的範圍與特性。但是，

2. Tim Cresswell認為：「人、事物和實踐，往往與特殊地方有強烈的聯繫，當這種聯繫遭到破壞，他們就會被視為犯了『逾越』的罪刑」。

3. 島田莊司說：「若是覺得平成的東京太過乏味，那麼就必須找出以他國都市、地方鄉村、回到以前的時代等等的對策」。

《超能殺人基因》中的埔里、聖雷米、巴伐利亞連結的意圖，最終並非在建構埔里的地方性，而是成為一個謎團的核心，並且「散發出強烈神秘不可解的幻想光芒」（陳國偉，2013：192）。

埔里鎮的星原、星海甚至九二一大地震在小說中幾乎沒有連結實際的地方意義，因為異國異地城市的真正作用，在於形構作品中的幻想性，以強化謎團的神祕難解，這也是既晴的犯罪小說的重要特色，在這種不合常理的設定中，找到突破日常／異常界線的縫隙，藉以生產各種犯罪發生的契機與其背後令人感到恐懼或恐怖的深層原因。

這表現出既晴藉由各種幻想或想像體系構造出的文本世界，儘管仍然立基於現實世界中的真實地景、地貌或時代性，然而其最重要的意義與作用，是在於推演不可思議的事件，或者做為「謀殺」事件的某種「障眼法」，進而勾連讀者在閱讀過程中，隨著故事情節高低起伏的情緒。如

《超能殺人基因》的敘事軸線最終仍舊回到了「角螢館」，而非回應在地居民的使用經驗及其個體或群體與城市建立的關係與網絡，這種書寫類型增添了埔里做為台灣唯一不靠海的內陸城市，以及車行間緩緩進入鄉野空間的懸疑色彩，卻同時削弱了它在地理意義上的地方性。在此一特徵的探索上，可以發現本格復興前後的台灣犯罪小說中的根本差異，在於本土城市與其城市空間是否需要界定，這也直接反映了城市生態的核心差別（洪敘銘，2015：332）[4]。

4. 早期台灣犯罪小說中許多城市街道巷弄敘寫亦出現某種鄉野空間的想像，但它們所呈現的型態大多基於日常使用經驗的對比，例如街道與巷道分別具有的城市功能，造成喧囂／僻靜、公開／私密的情境差異，街道與巷弄書寫最終表現的是城市中並存著兩種類近但功能與作用不盡相同的城市空間，但經過人的使用，使其形塑出比較完整或具體的城市生態，這個生態因為基於在地居民的經驗，因而被賦予了在地性的意義。

不過，這也有助於研究者釐清本格復興時期的台灣犯罪小說並非完全割棄本土元素或在地性的應用，而是讓案件或謎團生成的場所與台灣的地域範疇與地理性有所連結；詭奇的建築物與鄉野空間的結合，激化了人們在面對異常甚至跨越異常時的情緒反應與感知，藉以在解謎過程的產生懸疑與混亂，以及最終如何推導出真相，遂成為相對在地性的探求而言，更為重要的書寫目標。

三、城市足跡：隱匿的異度空間

既晴早期犯罪小說創作在幻想性與自然鄉野間的相互連結極具辨識度，不過他也有不少以城市為故事主要場域的作品，例如，《別進地下道》中高雄地下街、「鬼谷」與神秘的地下三樓，以及因納莉風災而慘遭滅頂的台北捷運站等，一南一北地以台灣兩大都市裡的犯罪事件為核心；

或如《網路凶鄰》沿著網際網路日漸發達的科技趨勢與社會風氣，所延伸出具有現時意義的犯罪敘事，都可以清楚地看見他已明顯注意到人們生活周遭中重要的地景或公共空間，或許都可能具有「魔影幢幢的強烈感應」（李昂，2003：5），李昂認為其中的關鍵，仍然是在既晴一貫的「將黑魔法與巫術結合生物科技，企圖替過往的神秘傳說合理化、科學化」（李昂，2003：5）的特徵上。

魔法與巫術當然創造了「更驚悚、更恐怖、更血腥、更詭異」的敘事空間，然而必須進一步探論的是，當這些元素的結合與應用發生在「城市空間」時，將有什麼相較於「自然鄉土」更特殊或更具意義的展現？

在這個面向的討論上，以「高雄地下街」或「台北捷運站」為場景的連續殺人案與屍體，似乎無法開展出更深層的意義，因為其衍生出的空間意義，仍然如同先前所探論的，有關異域化空間所帶來的閱讀效果；反觀張鈞見為了探查「死亡畫展」的具體位置，於凌晨一點走訪師大夜市的敘述段落，卻能清楚地表現出既晴如何透過偵探足跡塑造恐怖都市空間的策略：

師大路一百零五巷、九十三巷、八十三巷……我止步在便利商店門前，從口袋裡掏出邊緣扭皺的牛皮信函，將信函中的卡片抽出打開，在鮮亮的日光燈下再次細讀，……

轉角處有一家簡餐店，門窗皆已全部拆卸，就散棄在門前的水泥鋪面上，……瞥見窗格空洞的門面，其後闃黑的空間傳來嘈嚚的漏水低鳴，我不由得又想起十幾年前和夢鈴在地下街地下三樓盲目闖走的回憶。此刻的師大路，正猶如一座立在地面上的地下街城。……

在深夜中一方面它喧嘩熱鬧，但只要一轉進僻靜的狹巷窄弄之間，就會不由得陡生一種陰森的異感。……

我是一個孤立在雨中的異鄉人。（既晴，2003：150-151）

《別進地下道》對於師大夜市一帶的描寫特別詳盡，包括地理空間的「絕對位置」（既晴，2003：149）（如：台電大樓站三號出口、羅斯福路與師大路交叉路口等，均有與事實相符且明確的定位與指向），這整段敘述最重要的意義，即在於連結張鈞見與夢鈴在「高雄地下街」的記憶；這段記憶除了是探索人物關係上的重要線索外，高雄地下街的地下三樓，是一處「地下水大量滲出的問題」而「遲遲無法完工」（既晴，2003：27）之地，小說中敘述：「沒有人、沒有亮光的樓層，我感覺地面潮濕。走道上到處都有積水的深窪。一片漆黑的地道深處迴盪著必須凝神傾聽才能聽見的滴水聲。」（既晴，2003：27）而張鈞見和夢鈴初次闖入「禁止進入」的禁地時，那種「恍惚迷離的幻覺」（既晴，2003：29）及隔天隨之發生的地下街大火，也都埋下了極為不尋常的伏筆。

在這段迷幻的記憶中，夢鈴所言「我覺得這個地方好像有秘密」（既晴，2003：29）以及「我疑神疑鬼地感覺到四周彷彿有什麼生物在不停蠕動，在監視著我」（既晴，2003：28），不僅勾連著張鈞見獨自一人闖進地下二樓的「鬼谷」時的意外，更是「猶如一幢幢陌生未知的巨大黑影，假屍、假蛇、假血等等原先明知虛幻的道具，此刻也變得真實異常」、「好不容易才接近出口隧道的末端，當時腦袋已被恐懼淹沒」（既晴，2003：24）的記憶連結。

無論地下二樓的鬼谷隧道或地下三樓，在小說中都具有異域化的性質，然而當長大成人後的張鈞見為了探案，再次進入原本是人聲喧嘩的熱鬧市街師大夜市時，卻因納莉風災造成的城市機能短暫喪失，竟意外地產生了某種同質性的感知，在不同空間性質的相互移轉，這一方面顯示出這種突然發生的「異樣感」有其根源外，「惶惶不安地左右張望」，擔心「有人窺查我怪異地行動」（既晴，2003：151）等敘述，也應合了過往那種驚魂未定的恐怖感，更讓都市空間仍得以在某個程度上自然鄉土的封閉性應用上，產生相似卻又不盡相同的恐怖氛圍。

這種透過偵探與偵探身體，在查探城市空間的足跡裡發現其中隱含的記憶連結、經驗或線索，乍看之下與早期台灣犯罪小說經常透過偵探在城市裡位處的具體位置，呈現出城市使用者的生活方式、描述城市空間的特徵、釐清案件發生的原因有些類同，然而在後續的情節中，可以發現特別是這些恐怖感知或經驗的重述，仍然成為某種「異樣經驗」的邀請函或入門磚，因為儘管小說中提及「和巷道內其他的房屋外觀並無二致」（既晴，2003：151），強調低矮建築外觀的同一性，似是通過對城市的體驗，暗示在地人的生活情景與處境，但當張鈞見到了真正的「現場」時：

我毅然將門整個推開，衝進眼前是一座荒草橫生的廢墟。在雨霧的襯托下，胡亂竄生的雜草展露張牙舞爪的惡態，彷彿在警告我禁止進入。……樞紐的摩擦聲，在背後提醒我紅色木門已經自動閉闔。（既晴，2003：151）

這段敘述完全顛反了偵探身體的在地趨力的討論邏輯，因為當張鈞見推開這道門之刻，他便進入了那個「隱匿在都會中的異度空間」（既晴，2003：152），他不僅跨越了日常與異常的邊界，也同時跨越了鄉野與城市的分界，也因為這個被區隔為「內」、「外」的界線設定，使得整體敘事的傾向遠離了與真實地景對話的可能，而靠近對案件核心的探索，及其後續情節故事中更深一層的懸疑。

這樣的手法，自然也是台灣本格復興時期的寫作特徵，舉凡同一時期林斯諺、冷言、陳嘉振等人，均可看見相當類同的操作模式，即使到了二十一世紀的今天，游善鈞的犯罪小說《空繭》也能看見極為相似的恐怖空間塑造（游善鈞，2021：187-189、193-194），[5]可見「異度空間」的情節構造，於當時已逐漸開展出屬於台灣本土的脈絡。

5. 如小說中對藏匿屍體地點（東海大學東海湖）有這樣的敘述：「今天早上，於中部某大學校園內的人工湖，由於工程需求而抽取湖水，意外在底下發現遭人棄置的屍體。根據警方初步估計——約有六十多具。目前尚未清點完畢，數量還有往上增加的可能性。如果現場有進一步的消息，會立刻和各位聽眾朋友報告……」，而透過新聞媒體現場轉播放送的畫面，也不斷地激起如「也太扯了吧？」這種令人感到匪夷所思的驚詫。而對於犯罪現場的描述，作者從「這麼看起來，好像又和畫面裡的那座湖不大一樣」帶著對日常情景的猜測與狐疑為開端，到「被質地溫潤的水光輕輕包覆住的，是一顆顆用膠帶纏出的人繭」看似輕描淡寫的一句話，便形塑出平靜的日常風景中極為詭異怪奇的景象，極具衝突的畫面，反覆堆疊著「水被抽光的湖底，點綴著數十——不，恐怕是上百顆人繭」真相浮出時的巨大恐懼。東海大學是台中市著名的院校，同時也是許多觀光客遊覽的勝地，東海湖更是知名的景點，《空繭》將重要的犯罪場景設定於此，充分顯現出「異度空間」如何「隱匿」於城市及其所帶來的某種跨越日／異常邊界時所感知既疏離又親近的閱讀效果。

創作歷程幾乎與本格復興的興起重疊（既晴，2005b：8）的林斯諺，他許多作品都強調空間的「擬真」與「異化」，進而達到某種「恐懼」重演的效果。屬於早期創作的短篇〈死吻〉，乍看下是以青春校園中若有似無的「愛情」所延伸出的謎團為起點，然而整篇小說的事件地點與謎霧中心「華夏爵邸」，林斯諺對它的設定是「荒涼的環境」、「陰沉的大樓」、「陰暗的樓梯間」，在人物隨著情節進入、游移期間時，「突然跳躍的黑色物體」、「身後輕柔的聲響」，這些層層疊加的詭異感，最終猙獰兇殘的真相，在狂風暴雨的深夜裡戛然而止。

在〈死吻〉中可以發現，「華夏爵邸」的設定，大抵上延續著前述對「自然鄉土」的想像與書寫，因此通往充滿「廢棄空屋」、「空地」、「樹林雜草」、「垃圾」的「市郊」，由外部空間的髒亂與偏僻，向內營造建築物內部空間的「陰暗」、「壓迫感」、「詭異感」、「幻覺」，都成為激化「異常感」的必備要素。

在長篇小說《無名之女》中，通過位於「右邊出現一片田地，左側則是一個水潭」（林斯諺，2012：32）的「鬼樓」的異常描述，反覆糾纏著人物在虛實、真假間混亂、驚嚇與恐懼心理（林斯諺，2012：31、82、92、94、196）；[6]在《假面殺機》中，建造出一個異樣卻帶著致命吸引力

6. 例如對「鬼樓」外觀的形容：「無數被肢解的人體——頭部、軀幹、四肢……不只一組，就像錯亂的水果拼盤般浮貼在高處的壁面上，猙獰地望著我們」、「那道屍體拼盤仍大喇喇地展示在樓層外部，沐浴在星空下」，以建築物的外在形象，連結角色們「迷路」與「困阻」的情節中，不斷受到「人形的奇怪生物」、「鬼面具」的驚嚇或吸引。

的地下空間——「神祕地道」（林斯諺，2013：56、146、194）；[7]《淚水狂魔》也調度著完全相同的邏輯，構造出兇手作案主要空間的封閉性（林斯諺，2015：29、111）。[8]

觀察林斯諺在這一系列小說中的恐怖生產模式，幾乎都是透過異樣空間的描述，讓異常事件或氣氛不斷地以擬近於真實的形態出現，激發故事人物的恐懼感，進而反向地塑造出兇手的殘忍與病態；然而，我們必須要深入探究的仍有兩個部分，其一是這些恐懼的根源為何？其二則是這樣的恐怖與恐懼心理，在小說中開展出如何的在地性意義層次？

《冰鏡莊殺人事件》在兩起密室殺人後，關於偵探針對「屍體如何消失」的討論焦點，則是探究這些議題非常重要的材料。在文本情節中，莉蒂亞和林若平把目光放回冰鏡莊展覽館二樓的「蠟像館」，並借用《恐怖蠟像館》的做案手法，即把屍體做成蠟像，因為「除非把蠟剝掉，否則根本不可能知道裡面藏有屍體」（林斯諺，2009：157），因此當他們重回蠟像館搜索時，若平主觀認為「開了燈還是破除不了這裡的陰暗感」及「成群僵立的人形就像地獄的鬼魅般以各種姿態固定著」（林斯諺，2009：167）不斷地強化實體空間和「鬼」之間的連結；這似乎也回到了人類對於「未知事物」的「共感」討論裡，這也讓「鬼地

7. 小說中對假面會館的空間性描述可參見：「撥開長草後出現了一個黑暗的空間，深入丘陵內，就像一個防空洞」、「類似防空洞的洞穴，裡頭地上有一道門，很像地道的入口」、「足音仍迴盪在這封閉的空間內，混雜著壓抑的呼吸聲，形成一股無以名狀的窒息感」等敘述。

8. 例如位於「路上車流越來越少，來到了一處荒僻無人跡的地帶」、「從寂靜的市區駛向更為寂靜的郊區，轉眼間已經出了市界。經過一段漫長的車程，通過了九彎十八拐的山路」等敘述，不僅偏遠、杳無人跡，同時還帶有神秘的氣息。

方」這個複合地理空間與異常、超自然形體的描述，既理所當然卻也隱晦地含藏著謀殺／被殺的死亡暗示。

值得注意的是，早在1985年林崇漢的短篇〈骷髏與聖女〉，就已經有了相似的對「鬼地方」的描述：「這一帶住民一入夜似乎就很少出門，……這一幢公寓的盡頭就是漫山遍野的墓地」（林崇漢，1985：210）。這種鄉野空間與環境氛圍的塑造，同樣暗示後續情節中「人頭戀」、「死人屍骨」的詭計設置，當然也增強偵探等人目睹「真相」時的震撼與恐懼；小說中的兇手同樣在別墅的「地下室」，利用化學藥劑將死者做成「骷髏標本」，意圖永久保存某種死亡的藝術「極致」（林崇漢，1985：238）。

這種透過謀殺做為最嚴厲的「懲罰」與「獻祭」，明顯是將這種超乎常人能夠理解的行為，及目睹者所感知的恐懼表現預設為被揭露的某個

「謎底」，因此只要目睹擬真的死亡空間景象，在感到害怕甚或不適的同時，甚至還會有種「恍然大悟」的感受，然而林斯諺在他的犯罪小說中，雖然沒有更動這種重演恐懼的方式，但他意圖深入討論的是人為什麼會產生恐懼？它挑戰的道德底線或倫理邊界為何？使得其書寫的重現，得以回應1980-90年代台灣本土犯罪創作的嘗試與想像基礎。

從這樣的觀點來看《假面殺機》、《無名之女》、《淚水狂魔》等作品，林斯諺筆下的恐懼心理根源，交纏了對空間（特別是陌生的鄉野空間）以及對擬真物（特別是未知的超自然現象或鬼魅）的雙重性，進而震盪出更多人性與心理的探索；這種極具辨識度的風格，也讓兇手謀殺的真相與動機，有了「為殺而殺」以外的深刻層次。

四、虛擬幻境的假象

陳國偉指出類型文學中的城市書寫具有「以偵探身體反覆重寫城市的地理秩序」，通過身體移動記述與謄寫城市樣貌與文明的傾向（陳國偉，2013：229-230），但那種有如《開膛手傑克》結合著城市恐懼與都市傳說的敘事手法，仍然與「鄉土恐懼」的被創造頗為相關。既晴的《別進地下道》，便相當經典地以「地下道」做為都市居民恐懼的具象化象徵與再現對象，因此本書開宗明義地寫出了「別進地下道，因為昏暗的角落，是隱藏秘密的最佳處所！別進地下道，因為陰濕的通道，適合惡魔蔓延、滋長！絕對別進地下道，因為你無法確定進去以後，會受到什麼詛咒……」的核心；但是，《別進地下道》的故事發生背景，被明確地放置在2001年納莉風災的歷史事件中，使得恐怖空間或地景構造，融合了因颱風造成台北市大淹水的某種真實性，因此地下化的鐵路、捷運隧道才能成為「下水道」的特殊背景設定。在這樣的異常環境裡，開展出偵探推理與恐怖敘事，不僅可視為將異域化的場域自鄉土轉向都市的一種嘗試，也挑戰了專注於空間「封閉性」以後的「現時」層次。

由鄉野而城市的轉向勢必需要抵抗「一旦只要建築在人來人往的都市中，所有的機關與陷阱便會曝光」（陳國偉，2013：224）的風險，而且觀看當時及本格復興前的台灣犯罪小說，由「城市」而「鄉野」的趨向反而是更常見的表現型態，其中的關鍵仍與以鄉野空間為背景，建立一個具有合理性的推理舞台密切相關，因此時常可以在文本中發現某些刻意由「兩線道的馬路」轉入「小黃泥路」（葉桑，1993a：102）或由「鬧區」到「鄉村小路」（葉桑，1993b：172）的敘述。

當然，本格復興前後的小說針對淡化城市的日常景態而朝向鄉野想像的塑造，存在著不盡相同的表現意圖，然而當一具「屍體」出現在人來人往的「城市」時，如何推演「恐懼」，則成為另一個值得關注的議題。

既晴在《別進地下道》中，選擇讓屍體「現身」於午夜開始陸續淹水的台北市捷運板南沿線，張鈞見和廖叔的對話裡，即寫出為了「捷運復駛、清理垃圾的問題」（既晴，2003：40）而忙得不可開交的捷運職員、消防大隊和國軍官兵，另外計程車司機「好不容易奪回了台北市的大眾運輸系統搶走的飯碗」（既晴，2003：40-41），也具體而微地表現了都市居民在遭逢天災時，仍然必須克服停水停電、交通不便等重重困難，維持工作及營運的日常景況。

然而，第一具屍體的出現，卻沒有立刻打破這樣的日常性，張鈞見最初在廖叔的口述裡，也只是感到「奇怪」而已：

其實在這次風災期間，其他地區也傳出過有人因為洪水來得太急，來不及逃生而慘遭溺斃的悲劇，但台北車站捷運站是一個開放的公共場所，而且大水是從地下四樓的行控中心開始淹上來的，無論如何，這名男子應該都有逃生的機會才對。（既晴，2003：41）

在這段敘述中可以發現，第一具屍體雖然已有些「異狀」，但基本上被視為「來不及逃生」的災難犧牲者，也因此「救災工作當然不可能因為發現一具無名男屍就停頓下來」（既晴，2003：42）；甚至第二具屍體出現後，「既然已經找到兩具男屍，就表示很有可能再找到其他的屍體，說不定滅頂的捷運樓層中，有一群人受困無法脫逃，而全部活活淹死在裡面」（既晴，2003：42）仍然是延續著「救災」的角度，表現出嚴重的自然災害慘劇的想像。

換言之，這些屍體或許能夠成為某種犯罪的「挑戰」，因為一共八具浮屍被發現的地點，不論是台北車站捷運站、善導寺站、忠孝新生站、忠孝復興站、SOGO百貨等，都是人潮聚集的區域，特別是救災過程的人來人往，也幾乎是將所有證據與線索攤開在眾人目光之下，人們也能快速地尋求「刑事組鑑識人員」科學採證的支援，進行理性的調查；然而，正因為文本敘述中，雜揉著百年一遇的天災洪患，以及一具具形態詭異的屍身，反而促使這些十分接近都市居民生活領域的異常事件與詭異感，顯得益加真實且恐怖。

犯罪小說中在城市景態裡具有「真實性」的恐怖塑造，似乎也遙遙對應著自然鄉土一端對「封閉性」的追求與執著，因此儘管《別進地下道》裡的這些無名男屍被懷疑與神祕宗教與巫術有所關連，但「對置身事外的人而言，捷運浮屍案十分單純，只是一場悲慘的意外」（既晴，2003：59），這種對於城市異常事件的漠視或事不關己，遂成為犯罪發生與詭計生成的要件——這當然也連結著故事末尾，為何「市府當局在施行捷運修繕工程時格外小心謹慎，深怕板南線還有屍體未被尋獲」（既晴，2003：231）極力恢復城市日常功能運作的努力下，仍未能解開的謎題，當然還有在魔法及巫術體系運作下，腐爛的頭顱、飄散的魂魄以及沒有頭顱的女屍這些存在於記憶中、黑暗深處的恐懼根源。

寵物先生《虛擬街頭漂流記》也類似地藉由想像中的「天災」（2014年龜山大地震），描寫遭逢災難的未來城市（2020年的西門町）的傾頹，及藉由科技（虛擬實境）重建的過程，而這種基於近未來想像的二十一世紀本格實踐，總會帶來一種懸疑，即「人們對於『現實性』

是很敏感的吧？無論多麼沉浸其中，當意識到自己是身處在電子訊號創造的世界，多少會有的『理性』就會開始運作，終究不可能完全投入」（寵物先生，2009：21），這種幻境的重建，則同樣通過一具異常、意外出現的屍體，證實了看似是虛擬假象中的真實性及其意義。

這是個虛幻的街道。
而且現在看起來不真實，觸摸起來不真實，聽起來也不真實了。
……
一個人死在虛擬世界裡，我看不出是什麼原因，甚至不知道他在現實中的「位置」是哪裡……（寵物先生，2009：70）

《虛擬街頭漂流記》全書反覆辯證的是現實、虛擬間的關係，也因此人物們感到懸疑、害怕及恐懼的來源，總是基於「回歸現實的一刻——

儘管發生這種事，現實、虛擬已經難以分辨」及「當虛擬世界與現實越來越接近，現實會發生的問題，難保虛擬世界不會出現」（寵物先生，2009：70-71）而產生的沮喪與不知所措——要知道，《虛擬街頭漂流記》所設定的「現實」，是一個幾乎被末世地震摧毀的台北，本應是救贖現實世界匱缺的樂園中出現了屍體，也就表示會發生死亡事件的「真實」也將越界、蔓延、擴散到虛擬的世界。這種極度的不安與絕望，和單純追尋地理空間的封閉、偏遠、塑造異常事件弔詭的合理性之徑路大不相同，在當時也被視為極具突破性的創發。

提子墨於2021年出版的作品《浮動世界》，以科幻小說的世界觀、懸疑恐怖的縫屍案，結合對世界（宇宙觀）、環境（外在社會）、人性與個體化（內在世界）的反思與各種質疑，作為某種對現時社會環境的對照甚至批判，特別是COVID-19疫情在全球化的國際社會愈趨嚴峻，頗有一種近未來的末日寓言之感；包括災難造成的末日感、對科技失控而生的不信任、穿越甚至進出異質時空的方式等，在這樣的題材裡，融入本就帶有若干「排抗未知」色彩的推理情節：謎樣的屍體，警察及偵探身體的介入等……，使得應體現於未知世界或未來時間的人物情境與科幻元素，又多了那麼一點現時的影子（如：通訊、查案過程的諸多揣測）；這當然也讓所謂「末日世界」的營造，成為一種不得不為之的必要設定，始能合理化「現在」與「未來」的時間落差與想像侷限，或許亦能與《別進地下道》、《虛擬街頭漂流記》相互參照。

《浮動世界》以位於捷運永春站廣場的巨型地標「空穴來風」一夕消失的神秘事件為起點，雜揉著記憶景觀「彷彿根本不曾存在過」（提子墨，2020：27）的焦慮，相似地表現出《浮動世界》中台北地景的不確定性——如同流動不止的都市更新與城市改造過程，並隨著情節的推演，牽引出「地幔」這樣的神秘空間，與《虛擬街頭漂流記》相似之處，正在於因為對現實世界的絕望而創造出的想像空間，終究必須要面對匱缺與失去；也因此，本作中令人感到驚悚的、極其扭曲怪異的形體，之所以必須藉著謀殺與「縫屍」這種詭譎且繁複的形式現身，也表現出在全然扭曲、充滿阻隔的世界中，仍需要藉著身體的縫合而趨近親密、歸返日常。

從《別進地下道》、《虛擬街頭漂流記》到《浮動世界》，恐懼的來源實際上並非直接源自城市或都市生活本身，而還是藉由未知力量的破壞與摧毀，直接震盪或悄然浮現出某些既存，平時卻難以察覺的異常現象，甚至多帶有某些自省的意味；換言之，這些作品雖然可以明顯看見城市開始成為犯罪發生的主要地點，作者亦更為精巧或繁複地設計詭計，但追根究柢，這些對於「恐懼」的預設，仍來自於塑造出「被恐懼的自然」，才能完成敘事的合理性。

當然，犯罪小說中的異域化想像，實際上都是人們對「自然鄉土／城市景態」與「非日常／日常」恐懼的再次轉化；這意味著在當代台灣本土犯罪文學中，仍有直接將人們對鄉土／城市的本能性或集體性恐懼，轉換成恐怖或玄異敘事的可能性；[9]這些作品中的恐怖來源，並非來自於作家們賦予了地景如何的異常想像，反而是這些空間原本就存在的危險及其可能對人們產生的侵害。

五、結論

本文通過以既晴為主的台灣犯罪小說，其中「自然鄉土」、「城市景態」兩個看似截然不同的恐懼生成路徑，探究「異域化」、「異常」如何與恐怖空間產生連結，亦發現儘管許多2000年後的犯罪小說作品出現其恐怖的根源，產生「由鄉土而城市」的趨向，然而這些將恐懼生成的場域放置於人來人往的城市空間時，除了在文本內、情節層次上，需要抵抗「被發現」的危機外，透過災難或都市裡怪奇建築的建造，仍然延續或挪移了「被恐懼的鄉土」的象徵意義，創造出另一種型態的「封閉性」，以推動推理解謎情節的合理性，強化其懸疑性。

本格復興時期不少作品亦呈現出類似的書寫模式，特別在二十一世紀本格的影響下，藉由科技想像出城市裡的「虛擬幻境」，透過「日常／非日常」的移動與跨越，一方面在傳統的鄉野／城市敘事中另闢蹊徑，

9. 例如：舟動《慧能的柴刀》（2016）、紀昭君《無臉之城》（2016）二作，分別沿著鄉野傳說／都市傳說兩個不同面向，表現出更多元的恐怖題材與恐懼元素。

另一方面因必須密切連結在地城市的人、事、時、地、物，而生產出極具本土性的犯罪型態。

在犯罪類型的接受逐漸成為當代傳媒主流的當代，討論恐懼的根源及生成模式，以及具象化為文字或影像的過程，都有助於進一步探究在「本土犯罪」這個大概念中，如何連結在恐懼淵源上更具本土性的玄異犯罪小說，或更具認同意識的犯罪改編之間的在地化特徵，進一步開啟人們對於新型態的犯罪文學的新思考、理解方向。

參考文獻

王志弘、徐苔玲譯（2006）。《地方：記憶、想像與認同》（原作者：Tim Cresswell）。臺北：群學出版有限公司。

李昂（2003）。〈神秘的黑魔法〉，收於既晴，《別進地下道》（頁5）。臺北：皇冠文化出版有限公司。

林崇漢（1985）。《收藏家的情人》。臺北：林白出版社。

林斯諺（2009）。《冰鏡莊殺人事件》。臺北：皇冠文化出版有限公司。

林斯諺（2012）。《無名之女》。臺北：皇冠文化出版有限公司。

林斯諺（2013）。《假面殺機：林斯諺長篇推理小說》。臺北：要有光出版社。

林斯諺（2015）。《淚水狂魔》。臺北：尖端出版。

既晴（2003）。《別進地下道》。臺北：皇冠文化出版有限公司。

既晴（2004）。《魔法妄想症》。臺北：小知堂文化事業有限公司。
既晴（2005a）。《超能基因殺人》。臺北：皇冠文化出版有限公司。
既晴（2005b）。〈林斯諺與蛻變中的台灣推理〉，收於林斯諺，《尼羅河魅影之謎》（頁7-11）。臺北：小知堂文化事業有限公司。
既晴（2006）。《修羅火》。臺北：皇冠文化出版有限公司。
既晴（2008）。《病態》。臺北：皇冠文化出版有限公司。
洪敍銘（2015）。《從「在地」到「台灣」：「本格復興」前台灣推理小說的地方想像與建構》。臺北：秀威資訊科技股份有限公司。
島田莊司（1989）。《本格ミステリ―宣言》。東京：講談社。
陳飛亞譯（2014）。《文學中的超自然恐怖》（原作者：Howard Phillips Lovecraft）。西安：西北大學出版社。

陳國偉（2013）。《越境與譯徑——當代台灣推理小說的身體翻譯與跨國生成》。臺北：聯合文學出版社股份有限公司。
提子墨（2020）。《浮動世界》。臺北：要有光出版社。
游善鈞（2021）。《空繭》。臺北：要有光出版社。
楊照（1995）。《文學的原象》。臺北：聯合文學出版社股份有限公司。
葉桑（1993a）。《水晶森林》。臺北：林白出版社。
葉桑（1993b）。《顫抖的拋物線》。臺北：皇冠文化出版有限公司。
潘桂成譯（2008）。《恐懼》（原作者：Yi-Fu Tuan）。新店：立緒文化事業有限公司。
寵物先生（2009）。《虛擬街頭漂流記》。臺北：皇冠文化出版有限公司。

輯二・重探既晴的犯罪小說世界

犯罪推理第一人的第二張臉孔，以「瘋狂」為名陷入恐懼的輪迴

——評《魔法妄想症》與《病態》

喬齊安

兩代台灣推理第一人

2017年4月2日，「台灣推理小說第一人」林佛兒先生逝世，各界一片惋惜之聲。林先生生前因主辦了發行多達282期的《推理》雜誌，並在林白出版社中引進大量各國推理作品，為普及台灣推理閱讀風氣、培養出2000年後「本格復興」創作世代付出重要貢獻。雖因工作繁忙而影響其小說創作數量，但林先生所留下的《島嶼謀殺案》（1984）等高水準作品仍

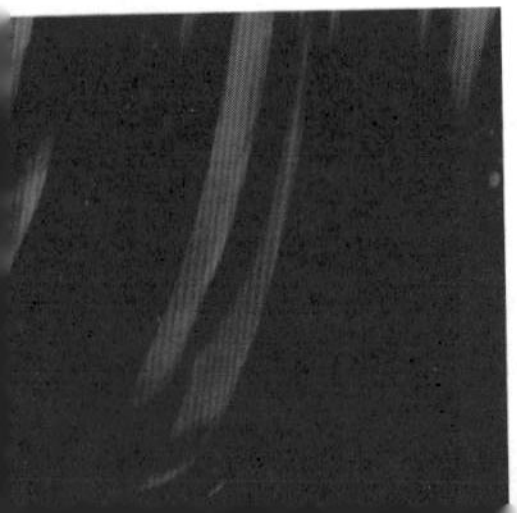

確立其不朽功績。

在90年代的《推理》雜誌誕生，90年代隨著「林佛兒推理小說獎」由短篇崛起的思婷、余心樂、葉桑以後，「通俗小說」與「純文學」間矛盾日益增加，並隨著1998年「時報文學百萬小說獎」爭議引爆的問題，正式決定在當時網路興起的新世代作者群選擇走出自己出路的大團結。其中的領導人物，便是既晴。

2001年既晴與另外三人籌設「台灣推理俱樂部」，並在隔年舉辦第一屆「人狼城推理文學獎」。也就是現今台灣推理作家協會與協會徵文獎的前身，自學日語的既晴將此獎拓展到邀請國際貴賓參加的規模。

爾後既晴因事務繁忙主動淡出推理圈，看似長達十年沒有再出版新書。事實上他在2017年成立幻華娛樂有限公司，邀請另外幾位作家合力擔任編劇闖蕩電視圈，不但合著了勇奪電視節目劇本創作獎首獎的《半尺

之局》，更在2020年帶著代表作張鈞見系列全新作品《城境之雨》，與親力親為擔任製作人拍攝出的公視人生劇展《沉默之槍》強勢回歸，並成立了以21世紀全球化觀點解讀推理小說應為「犯罪小說」的台灣犯罪作家聯會，與旅居國外的英國、加拿大犯罪作家協會成員的提子墨一同將台灣小說的知名度推向世界。他的每一步動向，都是不鳴則已，一鳴驚人。

既晴能夠長年引領文壇，除了人格特質魅力與堅毅果斷精神，作品的成績也確實是說服他人的最強而有力的底氣。2002年榮獲皇冠大眾小說獎百萬首獎的《請把門鎖好》雖然歸類於恐怖小說，但其中具備完整的解謎、偵查犯罪推理要素。更關鍵的影響是，在「時報文學百萬小說獎」的爭議後，本格復興世代雖擁有年輕網友的聲援與清晰的推理至上論點，卻欠缺足以說服主流文壇的硬拳頭作品，而與商業出版、文學大獎有著一段距離的客觀事實。

正因《請把門鎖好》的奪獎與熱賣、同時崛起的網路名作家九把刀給予的盛讚、乃至於往後皇冠文化決定引進本格宗師島田莊司的推理小說，2009年舉辦島田莊司推理小說獎等等……既晴將這本傑作、接力於2003年發表的《別進地下道》衍伸出的影響力惠及全台整個世代。在林白出版社停刊後，台灣犯罪推理完全失去實體出版的管道。直至2004年《達文西密碼》的大熱帶動這個文類在台灣翻身，出版社紛紛引進大量翻譯作品。既晴也把握良機，同年與小知堂出版社洽談合作推出「Mystery Eye」系列，幫助林斯諺、陳嘉振等後起之秀推出長篇處女作；更於2006年與以口袋本形式稱霸市場、通路遍地開花的明日工作室成功合作，克服人狼城推理文學獎／台灣推理作家協會徵文獎短篇不易銷售的劣勢，讓得獎作品終於有了紙本書問世的空間，得以招募更多有志創作者投入。筆者也正是在就學期間閱讀了既晴的小說，並現場參與盛大的誠品信義第五屆人狼城頒

獎典禮後，對投入本土推理文學發展產生嚮往之心。

2021年在既晴與作家葉桑的努力下，取得林先生遺孀李若鶯教授的正式許可，台灣犯罪作家聯會復辦了具有最深厚影響力的林佛兒推理小說獎，並更名為「林佛兒獎」，更接手了面臨停辦可能的島田莊司小說獎，出資為新人創作管道延續重要香火，他在台灣推理界的貢獻已無須贅述。作品的定位也可以確立《請把門鎖好》等同綾辻行人的《殺人十角館》（1987）——就像本作為日本熱愛解謎的年輕人們刮起的「新本格革命」，率領法月綸太郎、我孫子武丸等大批作者一同登上時代舞台，活躍至今。只是，台灣這邊的本格復興世代除了既晴以外，二十年後仍孜孜不倦於發表新作的作者已寥寥無幾。

從「小眾推理」到「暢銷恐怖」的突圍而出

既晴何以能從純文學與大眾文學的夾縫窄門中突圍而出？這來自他對於文壇、出版業、市場的敏銳觀察。歷經第一部長篇作品《魔法妄想症》參加時報文學獎的敗北，他明白網路推理迷們著迷的「本格推理」，尚不能取得大眾認可。想要讓推理小說在台灣被看見，要做的不是一味將自己的喜好與主流意見衝突碰撞，而是在縝密的研究後，從靈異恐怖的類型架構「吸引讀者的」故事、再融入適度的推理內涵，以循序漸進的方式，讓台灣出版業與讀者認識並愛上這門類別。例如，《請把門鎖好》中的「噬骨餓魔」洪澤晨便是三十年來犯罪推理影像裡舉足輕重的「殺人魔」角色。

或許初衷並不在於恐怖小說界留名青史，但正如同既晴在生涯第二本短篇合輯《病態》（2008）後記所述，恐怖小說的基因一直存在於他的

體內。千禧年後半隨科技進步，網路論壇小說席捲全台。九把刀、星子、Div等人興起，將網路累積的龐大人氣轉化為實際的銷售數字，他們擅長的靈異恐怖故事培養出一大批追求輕鬆「被嚇」娛樂的學生讀者，《請把門鎖好》也乘著這個起飛的時間點，在第一線迅速蔓延出好口碑，成為恐怖小說迷心目中的經典。2022年本作推出二十週年加筆整整一倍的全新修訂版，也從作者本人的粉專網友回應中，看見無數書迷對於本作抱持的美好回憶。筆者接下來評論既晴的《魔法妄想症》與《病態》這兩部作品，也側重從恐怖小說的領域進行，分析作品在恐怖小說史上所具有的特殊意義。

恐怖文學是類型文學裡歷史最悠久的文類，早在民間故事、宗教傳說裡便具備應有的元素，例如關注著死亡、邪惡、來世、以及人類感受的體驗。從哥德小說、克蘇魯神話到現代驚悚小說，我們對恐懼感的冀求，讓

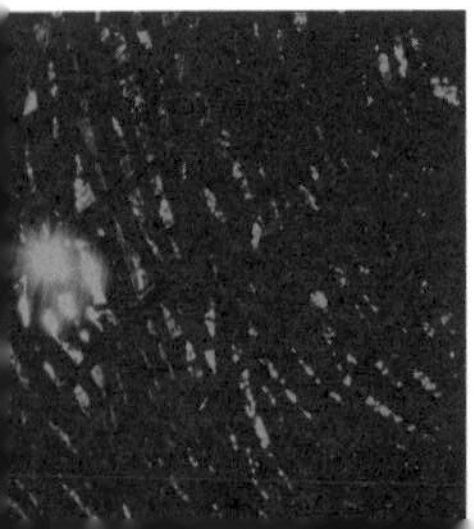

恐怖文學、電影與驚聲尖叫的遊樂設施一直不會在人類社會中缺席，台灣也一直有著大量恐怖故事的連載與出版。但筆者在《皇冠》雜誌2022年九月號發表的「恐怖文學入門」專題提到，故事核心有限時，其實難以拉長篇幅，因此過去本土恐怖小說大部分以網路短篇、口袋本為主。《請把門鎖好》便以作者本人的博學底蘊為基礎，穿插刑警查案的推理樂趣，更注入奇異黑魔法論理，才能融鑄為台灣首見的長篇恐怖推理小說，其意義可稱其為台灣自古包容多元文化特性而生的《鬼店》（1977）。

而既晴在《請把門鎖好》前後所完成的《魔法妄想症》與《病態》，我們更可以注目在一個最關鍵的創作核心：「瘋狂」。這是一個很特別的元素。而既晴更將其操作出自己的風格：瘋狂，但不血腥。真正的恐怖來自心理的觸發，而非生理之所見所聞。

具體而言恐怖小說的組成是什麼呢？史蒂芬・金舉出十大多數恐怖文

學出現之物：黑暗、黏糊糊的東西、畸形、蛇、大老鼠、封閉空間、昆蟲、死亡本身、他人、對某人的恐懼。至於既晴本人則提出了四大分類：生理性、心理性、社會性與虛妄性。

生理性：五感之嫌惡、利器刑具、昆蟲野獸
心理性：獵奇、精神異常、童年創傷、夢魘
社會性：封閉空間、災禍、殘虐犯罪
虛妄性：鬼怪幽靈、詛咒、靈能

回顧台灣恐怖小說史，注入傳統信仰的民間地獄、或是賞善罰惡的作祟厲鬼，是台灣恐怖小說的常見設定，如「華文靈異天后」等菁擅長塑造染血的重口味畫面。即便不以「鬧鬼」為主旨，走都會奇幻的九把刀「都市恐怖病」系列，也屢見超自然力量的異能幻想，也就是說都集中在「虛妄性」與「社會性」的設計。在PTT MARVEL板上活躍的不帶劍、路邊

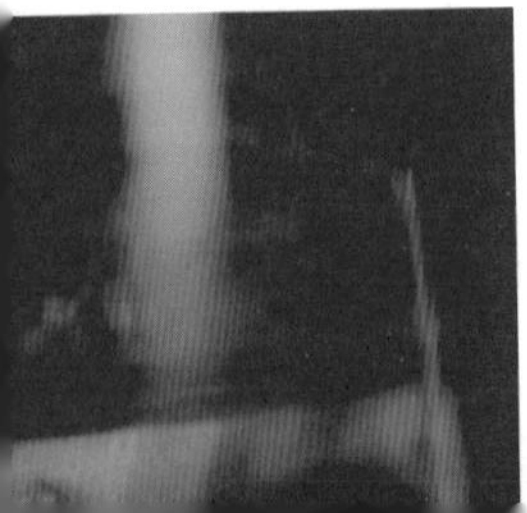

攤出道以前，便是帶有「推理邏輯腦」的既晴，在犯罪推理小說的科學限制下，獨力發展出一套「恐怖核心」與「心理性理論」的結合，搭配他博學的知識入題，因而呈現出獨樹一幟的深厚內涵。

在「瘋子」的妄想中，真正癲狂的是這個不懷好意的社會

什麼是「恐怖的核心」，那就是製造恐懼來源的具現化形象。導演程偉豪便在研究恐怖電影時發現，古今中外「熱門的鬼」如幽魂娜娜或貞子，會有一個關於自己身世的故事，一個追本溯源的過程。這些鬼有故事，觀眾得以感同身受，加深隨之而生的畏懼。於是他們推出代表來自台灣記憶的《紅衣小女孩》。至於既晴小說的恐怖核心，始終來自於「人」。可能是殺人魔、瘋子、外表正常但心裡有病的平凡人，實際上為不容於世俗價值觀的「非人」之存在。

> 我親身體驗到的這個案件，至少令我驚駭恐懼了將近一年。對我來說，真正的恐怖，並不是血腥或驚險，而是身處於一個不能相信的世界。（《魔法妄想症》，頁36）

《魔法妄想症》中留下匪夷所思犯罪手記的杜裕忠，是位被學校排擠歧視的思覺失調症患者。他自小就會產生幻聽，在難以容忍的痛苦驅使下出手傷害他人，最終只能退學藺居於家中，並藉由吸食強力膠進行寫作。一個不知是否為真，戴著面具的神祕「幻影」現身成為裕忠的精神導師，指導他修行的方式，以及告知他大魔法師雅布拉梅寧的故事。幻影受到西洋史中會不斷死而復活的雅布拉梅寧啟示成為其使者，現在也將這個身分傳承給裕忠。但在參加黑魔法儀式的過程中出了岔子，躲進箱子裡的裕忠看見了一具失去頭顱的屍體，宛如活殭屍般直直站立著——這是從地獄歸來的雅布拉梅寧即將侵占肉體的幻影屍身嗎？裕忠陷入是否也將被砍下頭

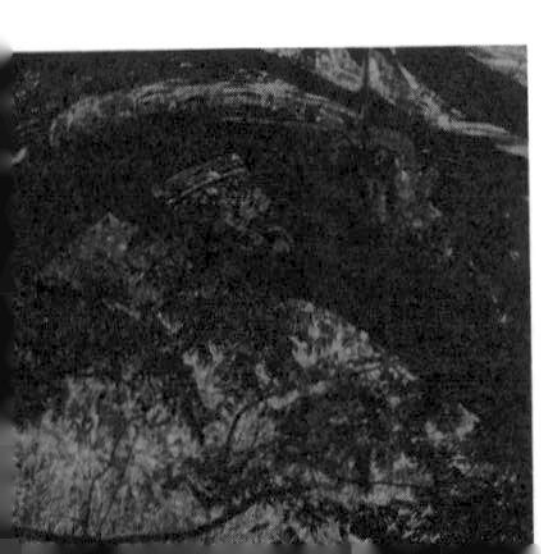

顱的恐懼中。

《魔法妄想症》是一部完全符合既晴在自序中所述：以解謎為主的長篇推理：

> 無須操弄文字遊戲、無須拓染情感糾葛、無須映照社會黑暗，而是乾淨地描述一件離奇的命案，專注地鋪陳曲折的解謎過程，純粹地揭露意外的真相，讓謎團與推理可以成就自身邏輯的藝術性，而沒有刻意強加附屬的世俗性。

本作發表後在網路上被稱為本土推理作品的三大逸品之一，也是小知堂出版社2004年開啟的長篇作品書系挑選於第一本出版的代表作。

本書之奇至2022年都難以看到類似的作品。雅布拉梅寧、活殭屍術、幽浮之咒都是真實流傳的黑魔術史，曾在歐洲引發研究熱潮，並非作者憑空虛構之物。《魔法妄想症》裡同時具有江戶川亂步的荒誕怪異、小栗蟲

太郎的冷僻炫學、島田莊司的壯闊詭計、與三津田信三拿手的多重推理等美德。但在本作與《請把門鎖好》最外顯的「黑魔法」特徵之外，既晴也已經在本作中藉由名偵探陳小江、杜裕忠等人設點出他所關切的問題：人性vs.社會。瘋狂的是個人，還是社會？

如今正名為思覺失調症的「瘋子」，很長一段時間都被人類汙名化，視為地位低下，以及政治鬥爭的工具。本作的杜裕忠便被真兇以高明手段操縱為看似瘋話連篇的狂人，證言做不得真，讓案情陷入一片迷霧中。中世紀曾經大規模用船流放瘋子，而患有思覺失調症的女人則被當作女巫處刑。甚至患者因行為異常，也讓當時的世人將他們與犯罪者歸在同類，全部關進監獄裡。小說中也說明這種殘忍心態的由來：

> 精神病患之所以會與罪犯相連，是由於人們的恐懼。人們對於瘋狂的恐懼，正如同人們對犯罪的恐懼，因為人們自來就是在追求一種

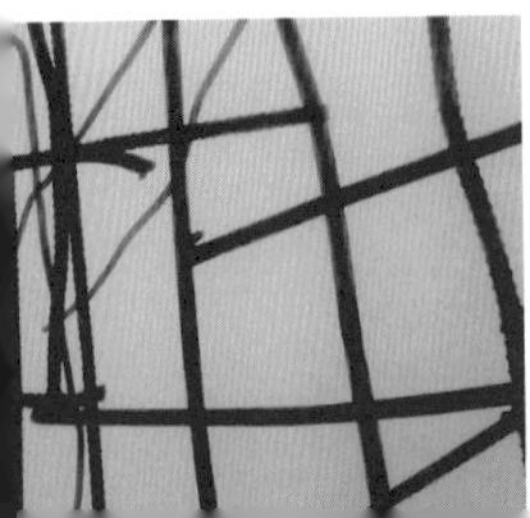

安定的社會化生活，而這些人則都是道德、禮法約束下的失誤。這種錯誤的觀念，直到十八世紀末才得以改正。（《魔法妄想症》，頁154）

這正是既晴在出道作點出的深層人性，他在《魔法妄想症》刻意採用「瘋子」杜裕忠為第一人稱敘事，便是帶領讀者轉換視角反向思考：對「正常人」而言，「瘋子」的行徑令我們恐懼。但從裕忠的經歷便可發覺，對於這些無助受苦的患者來說，代表「社會」的「眾人」眼光，何嘗不是最令他們最害怕的「災禍」。利用患者弱點實施冷酷犯罪計畫的真兇，心理醜惡慾念彷彿「撒旦」的化身，但「他」脫下面具的真貌，實乃看似再理智不過的「正常人」。對於裕忠來說，「他」才是真正的「瘋子」。陳小江解開的不僅是華麗的謎題，更以溫柔的話語為裕忠破除了困擾終生的「恐懼魔咒」，也能視為一種恐怖電影的經典落幕。本作以本格

推理小說的體裁，將無頭屍體、黑魔法等驚悚氛圍籠罩的懸案撥雲見日，與結局走向截然不同的《請把門鎖好》可謂相互呼應的孿生子。

結合顯性與隱性的雙重恐懼，恐怖類型小說的珍稀獨角獸

至於在既晴小說宇宙中相當獨特的獨立短篇集《病態》，放諸台灣的恐怖小說史，足以冠上「獨角獸」的美名——以職業運動中近年常被使用的這個名詞來比喻，簡單來說就是自成一派、前所未見的「珍稀物種」。既晴透露，自《魔法妄想症》對未知的恐懼的價值觀後，他決心在《病態》中試著割捨所有靈異元素、所有科幻因子，完全聚焦在台灣現實社會，設法挖掘新的恐懼來源……蒐羅四個怪誕寫實故事的《病態》，成為最能夠代表中文這個詞彙的精彩小說集。

《病態》裡的恐怖橋段，基本上都成功結合了「心理性」與「生理

性」的特性。前者在於製造讀者思緒上的不愉快，刺激出黑暗負面想像力；後者則製造讀者感官上的不愉快，刺激出求生的本能。如〈異樣的皮膚〉是這樣操作：

> 未料，他竟然在新鮮的傷口內層，發現一顆顆青色蟲卵……這些陌生得猶如外星生物的蟲卵，突然在他眼前破開，卵內包藏的數十條青色細蛆，頓時隱沒在殘碎累累的皮膚傷口裡，迅速潛入他的體內，破碎的卵殼也隨而溶解消失。前後歷時不到三秒鐘，只在他的眼底留下幻象般的殘影。
>
> 曹民哲著實驚駭萬分。原來，這些怪蟲是令他渾身發癢的真正原因！（《病態》，頁33）

> 曹民哲看著鏡中的自己——貼滿了尚未密合、發黃甚至泛黑的皮膚，模樣確實相當醜陋，令他突然有股失落的沮喪感。這副模樣顯然比先前死白如蠟的膚色來得更可憎。（《病態》，頁42）

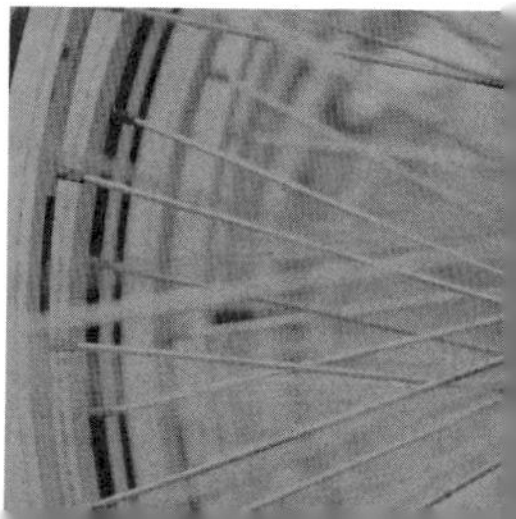

因天生皮膚特別脆弱，需要花上漫長時間打理，無形中也養成「戀膚癖」心理的曹民哲，聽過同泡溫泉的老人講述的故事：三十年前的車禍事故，有大量屍體曾沉浸在該座溫泉內。皮膚開始產生惡癢。醫師指出，使用過多止癢劑會造成過敏，他的癢覺可能是心理因素居多。但曹民哲再也無法忍受這樣劇烈的癢意，當他抓破皮膚，窺見隱匿的怪蟲，認為這些藉由屍水入侵的生物就是惡癢的來源，決心為自己動手術，將皮膚一塊塊切下來，檢查真皮層的病灶在哪後最後將皮膚接合回去……這場結局慘烈的凌遲自殺，該歸咎的是除了主角本人言之鑿鑿的怪蟲，還是他戀膚過度的扭曲心靈反噬？真相難以分辨。

就像上述結合心理性的「癢覺」與生理性的「凌遲切膚」雙重憎惡感，《病態》可說是解除了犯罪推理小說的束縛，將這種生理不適的「重口味」強化至既晴宇宙過去未曾有過的境界，就像是綾辻行人推出鬼畜小

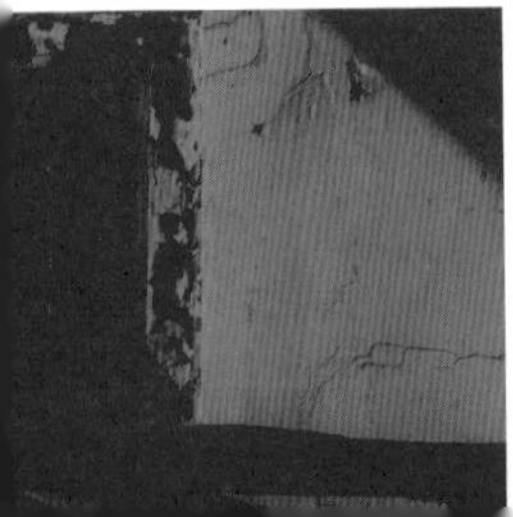

說《殺人鬼》（1990）般驚世駭俗。作者並不亂撒番茄醬，但在四篇作品都刻印下宛如「地獄繪卷」的名場面：〈異樣的皮膚〉一片片剝除自己皮膚的私人手術室、〈食人狂〉充斥腐敗碎肉、臭氣薰天的人偶房、〈寵兒遊戲〉天才小學生袁牧正咬嚙寵物兔屍身的修羅場、以及〈替身與跟拍魔〉雅棠與祥毅任何嘔心畫面都樂意拍攝的依存關係……。

這些光想像就令讀者皺起眉頭、雞皮疙瘩掉滿地的顫慄感，展現出既晴徹底擺脫B級電影、廉價小說那種血漿灑不完、尖叫喊不停的老梗套路，更非控訴社會不公、家庭疏離的表面化議題，而是以「病入膏肓」的人心變幻達臻恐怖文學全新境界，以原汁原味的台灣地緣人文致敬了江戶川亂步的荒誕獵奇之風。

筆者認為《病態》另一方面還具備「顯性」與「隱性」兩種層次的巧妙設計。也就是在「顯性」的恐懼核心以外，有另一層隱含複雜意義的

心理性恐懼。如〈食人狂〉有著母親玉寧殺鼠、殺人後料理成食材那鉅細靡遺的驚悚過程，也置入謹軒享用肉湯後，難以克制「我吞下的東西是人肉嗎？」的顫抖想像。但既晴沒有遺漏提及的，是台灣社會發展中無法避免的庶民悲劇——

> 在丈夫意外受傷後，醫院、保險公司、銀行等各種以往都是由她丈夫一手包辦的瑣事，從此全都落到她肩上，謹達、謹軒又還在唸書，她必須獨力處理。醫院的檢驗程序、保險金的給付手續、銀行的房貸還款協商，再加上智能教育班的家長會談等事務，對長期缺乏社會經驗的玉寧來說，全都是陌生得令人膽怯的未知數。
>
> 那段時間，尤其是院內的醫生及護士，曾經給了玉寧地獄般的無比煎熬。她恨他們。他們一方面滿口複雜難解的醫學術語，製造一種高壓的權威印象，另一方面，卻又刻意示弱，表示自己無法做出最利於病患的專業判斷，將責任全部推回給家屬。（《病

態》，頁63）

身為不諳世事的家庭主婦，比起丈夫癱瘓、愛兒喪命，「陌生的社會規範」對一位單親媽媽來說或許更是一種巨大的恐懼來源。而謹軒與謹達在補習班大樓遭遇既晴前一部發表作品《修羅火》（2006）中的爆炸案襲擊從此天人永隔，以及〈寵兒遊戲〉袁牧正離經叛道的行為，都多少諷刺了嚴格考試制度的台灣升學體系壓迫下，無辜學子的不幸與反彈的人性。如果不需要上補習班，謹軒兄弟是否就不會這麼倒楣？就連理應處於天真之齡的小學學校，都在袁牧正割腕後，從上到下洩漏險惡的心思：

> 小學生的集體力量在此刻表露無遺。因為知道自己擁有犯錯的權利，所以，只要露出純真的表情，就可以隨便對討厭的人展開無情的攻擊。

> 平常被袁牧正刻意忽視、彼此有競爭關係的那些人，這時候都變得非常嗜血，想趁亂藉機破壞袁牧正的形象。
>
> 這正是尤老師所不樂見的。因為，袁牧正是證明她教學能力卓越的重要招牌。（《病態》，頁171）

這些隱隱約約透露社會之惡的情節，實際上為整部小說賦予強大的說服力。那些乍看下光怪陸離、不可能發生的角色行為，就此鑲嵌進《病態》的台灣世界觀裡，轉化為潛伏於讀者周遭的都會奇譚。為了完成寫實性的目標，既晴也花費許多工夫進行田調鋪陳，〈食人狂〉裡玉寧在便當店打工的實態、〈替身與跟拍魔〉栩栩如生的演藝圈生死鬥……如不注意細節的考證，恐怖小說確實很難撕去廉價標籤，因此本作所塑造「職人劇」特徵，也須給予台灣恐怖小說創作典範的肯定。

WatchMojo曾列出一份影史十大瘋子的排行榜，排行前三名的大人物分別為《沉默的羔羊》（1991）的安東尼霍普金斯、《驚魂記》

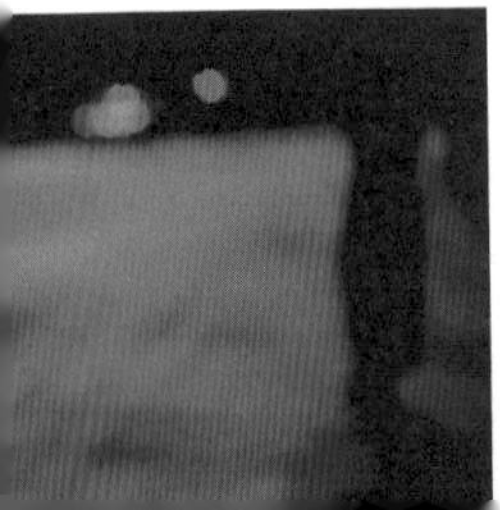

（1960）的安東尼柏金斯，與《戰慄遊戲》的凱西貝茲（1990）。這些變態殺人魔／嗜虐狂何以恐怖？或許正因他們牢牢披著讓你我放下防備的「正常人」衣裳：醫師、旅社老闆、書迷，卻在剝下假面後以猝不及防的惡意吞食人間。從《魔法妄想症》到《病態》，既晴筆下這群極限癲狂，傷人亦自傷、毫不在乎後果的危險瘋子，又何嘗不是以男人、女人、小孩的日常面孔，虎視眈眈著「Jump scare」的致命瞬間——無論是再也無法入眠的怡茵、或是被宿敵玩弄於股掌間的曾亮和，四篇作品的受害者主角最終都帶著讀者陷入「疑心生暗鬼」的絕境之中，既晴以專屬於他的獨角獸，重新詮釋了「人心比鬼更可怕」這句老生常談。

喬齊安——台灣犯罪作家聯會成員，百萬書評部落客，戲劇電影專欄作家。本業為製作超過百本本土推理、奇幻、愛情等類型小說的出版業編輯，並成功售出相關電影、電視劇、遊戲之IP版權。已合著出版9本足球專刊，並參與播報世界盃足球賽。

恐懼的符號與記憶的魔法

——談《請把門鎖好》與《別進地下道》

八千子

自《感應》一書出版後，相距十年，既晴新作《城境之雨》（以下簡稱《城境》）於2020年問世。同為中短篇小說集，也以怪奇偵探張鈞見為主角，《城境》和《感應》剛好站在寫實與幻想兩個對立的書寫面，前者以描摹城市風貌與人物群像為題，藉由強烈的空間與時序性書寫，塑造冷硬派在本土化後的新種可能性；後者則延續既晴作品中屢次出現的魔幻元素，表象為張鈞見初出茅廬時的探案筆記，實則為過去十多年寫作經驗的集大成之作，可以說張鈞見的誕生同時也是作者回首寫作生涯的階段性總結。

縱然《城境》裡的張鈞見已不再遭遇怪異與超自然現象，對讀者而言，失去既晴小說的幻想性特色是一大損失，但這也大幅強化了現實體驗，拓展張鈞見系列在犯罪懸疑小說中的面向。也因此《感應》出版多年後，既晴筆下的張鈞見才得以在《城境》中以另一種面貌出現在讀者眼中。

然而，回顧既晴的創作原點，便能發現他早已在現實與幻想路線中建立了清晰的光譜。

從推理愛好者轉身投入創作所誕生的短篇輯《獻給愛情的犯罪》，尚未出現奇想驚悚元素，但已顯露出作者對犯罪及推理小說的智識與鋪排故事和構築詭計的能力；《魔法妄想症》延續推理詭計的運用，同時成為了後續作品中幻想元素應用的基石。誠如書名中的「魔法」與「妄想」，在這個階段，魔法作為推理的輔佐，謎團的背後仍然依循著嚴謹的邏輯脈絡進行。

> 從一開始決心投身創作，我就一直想寫一部以解謎為主的長篇推理。無須操弄文字遊戲、無須拓染情感糾葛、無須映照社會黑暗，而是乾淨地描述一件離奇的命案，專注地鋪陳曲折的解謎過程，純粹地揭露意外的真相，讓謎團與推理可以成就自身邏輯的藝術性，而沒有刻意強加附屬的世俗性，就像愛倫・坡的作品。《魔法妄想症・作者自序》

不過，有鑑於當時國內推理創作尚未拓展至大眾視野，推理作家通常以在報章雜誌發表創作居多，罕有獨立作品集結成冊出版，且當時台灣的大眾文學（或類型文學）與純文學之間存在許多創作論、方法論上的歧異，既晴意識到推理小說尚未普及於市場，於是選用魔幻驚悚題材作為開啟大眾文學市場的鑰匙，從而催生了第四屆皇冠百萬小說賞的《請把門鎖好》，至此正式確立既晴小說往後十年，幻想與現實、瘋狂與理性共存的多重面貌。

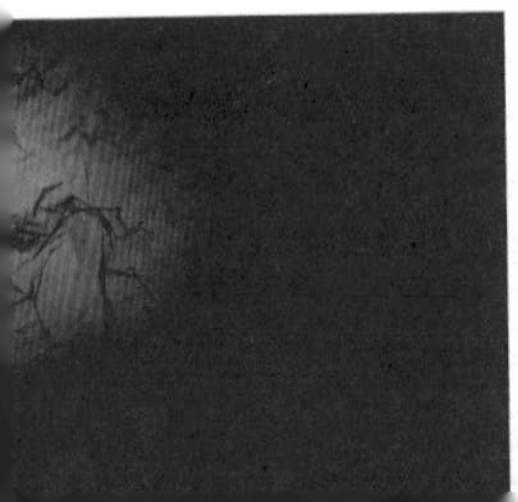

本文探討既晴《請把門鎖好》與《別進地下道》兩部作品的概念與特色。前者是既晴非推理敘事的代表作品，後者則是怪奇偵探張鈞見初次與讀者相見。兩者寫作時序相近，書中部分情節與核心元素也多所異同，皆以「推理小說的體裁架構進行驚悚小說的敘事」，從而成就有別於《魔法妄想症》本格浪漫的特殊風格。

一、奠基於純粹理性的恐懼符號

集體潛意識經由先天的遺傳與後天的教育，暗伏於我們的心靈深處，夢亦化為人類行動的提示符號。這樣的提示符號，或許是幾何圖形，或許是色彩，或許是一段音樂，當我們在現實世界中偶然觸及時，我們對靈界的記憶復甦了，然後我們不自主地接受符號的控制。這就是所謂的魔法。（《請把門鎖好》，頁13）

在類型文學中，推理與驚悚敘事的關係往往非常緊密。由於傳統推理的形式多以「命案的發生與破解」為主要思路，但「兇殺」在一般的現實狀況下，又是發生機率相對較低的事件，從而導致讀者必須透過更多媒體資源了解「兇殺」的本質。

正因如此，「命案」一詞的象徵意義，常源於人們對媒體資訊的擷取，而非現實生活經驗的累積；對讀者而言，命案是一個屢見不鮮，實則無比陌生的概念，他們知道兇案的發生，卻無法以自身感官證實它的存在。在這樣的矛盾心理下，誕生了以「命案」乃至於「殺戮」、「犯罪」等符碼的純粹好奇心與想像，也因為閱聽人對於這些字符的朦朧疏離感，及其中所帶來的不確定性以及針對死亡的本能反應，讓恐懼感能輕易被激發。

這當然也使得驚悚類型為主題的娛樂及閱聽體驗，更能引起大眾讀

者興趣。例如，《請把門鎖好》中受巨鼠啃噬的屍體，以及《別進地下道》中從捷運站浮出的八具男屍，屍體表面上是引發「推理事件」的觸媒，實際則是藉由文字架構的畫面形象，引發讀者對黑暗獵奇場景的不適感，達到純粹的恐怖。

除了上述的異色場景，在兩部作品中有多處提及的黑魔法著作、巫術咒文、惡魔圖像，同時也對主角群帶有強烈的暗示性，透過讓角色大量接觸這些表徵符號，從而左右其思維與行動，都是推進劇情的關鍵成分。即使在閱讀過程中，讀者仍可以輕易察覺書中主角群非常容易受文字或圖像控制，卻仍會無可避免地因其敘事方式而被感染相似的情緒。使得恐怖符號在兩部故事中被賦予了雙重意義：其一為符號本身在故事中對主角群的影響，其二為符號對讀者的影響，製造出能在知道符號意義及效果的狀況下依然受其控制的有趣現象，但也藉由這些符號元素的

使用，強化超自然與異常等恐怖意象，從而擺脫既晴固有的推理小說類型包袱，成就驚悚小說經典。

> 對我而言，『膜拜撒旦』中那群復活的屍體是不需要去在乎的。真正使我的目光無法離開化作的，是畫裡一頭生來畸形、站在墳場角落的怪貓（《別進地下道》，頁94）

其實既晴對恐怖元素的嫻熟使用，從《請把門鎖好》中的作者自介中可見端倪（《請把門鎖好》，頁10）。他提及自己崇拜維克多·雨果、三島由紀夫等諸位作家，認為它們將現實與虛構交錯鎔鑄的可能性予以極大化，其中也包含義大利作家伊塔羅·卡爾維諾，普遍認為其筆下幻想風格作品深具後現代主義與解構主義特色，深具符號學形式趣味。

但真正讓既晴的驚悚與坊間類似作品有別的原因，在於他對犯罪文學的長期耕耘。在《請把門鎖好》中，主角從精神異常的刑警吳劍向口中得知巨鼠食屍案，從而開啟後續事件；而《別進地下道》則是以徵信社員工張鈞見朦朧的記憶中，鋪陳其女友失蹤的伏筆及後續延伸的捷運浮屍案。刑警與徵信社都是「偵探」的典型人物，且兩位主角在故事初期也確實都埋首於追查案件，《請把門鎖好》的密室結構推演或是《別進地下道》裡對遺體狀況進行的訊息分析，也是常見甚至是必備的橋段。既晴透過主角對案件剖析的過程，發展偵探角色最通俗的魅力——「理性」。透過純粹理性分析，讓讀者相信作品中所見光怪陸離事是可以奠基於現實上的，進而揣測後續情節發展、猜測事件真相與凶手，這正好是有別於許多類型小說，普遍存在於以「解謎」為主的推理小說特色，也因為如此，在後續導入越來越多幻想性元素時，固有的理性受到挑戰，被挑戰的不僅僅是偵探角色，同時也包含讀者的理性，成功融入故事中的讀者因此放棄追求現實

邏輯的合理性，和偵探角色一同陷入瘋狂，直到故事結束依然無法抽離閱讀時的情緒，強烈的落差最終造就了闔上書本後仍難以忘懷的後勁與餘味。

讀者往往有意識地去閱讀驚悚小說，即讀者會在明確知道這是一本「驚悚小說」的狀況下讀它，因此靈異作祟、詛咒殺人等超現實要素在此類型的小說閱讀中，作者與讀者間已經取得共識；讀者在購入驚悚小說的同時也會有出現超自然現象的預期心理，而要如何控制讀者的閱讀感受，作者只能透過特殊的情節安排才能在紙本上達到近似於突發驚嚇（Jump scare）的效果，否則將會很容易流於公式化寫作的窠臼中。既晴透過大量的研究以及在《獻給愛情的犯罪》、《魔法妄想症》積累的創作經驗，成功以近於推理小說的結構形式避開造就讀者預期心理的問題，製造巨大的意外性，同時也挑戰本土推理小說（Detective fiction）

固有的侷限性，將台灣推理的視野納入更寬廣的神祕小說（Mystery fiction）中。

二、空間秩序的建立與衝突

故事背景往往是支撐劇情的關鍵，而讀者所追求的驚悚則透過空間秩序的建立達成即時效果。針對空間排序的描述，讀者可以快速理解一個場景的構成，同時也對空間內即將發生的事件產生臆測。恐怖小說裡的空間規則有點類似於一種讓主角有資格與超自然力量對抗的籌碼，例如「鬼怪作祟只會在特定建築或地點」或是「怨靈殺人必須遵守嚴格的時間與手法程序」，最耳熟能詳的例子大概是「躲在被子裡鬼就不會找到你」。畢竟主角群對抗的存在本身即不受現實法則所束縛，因此這些作品普遍都會對故事的空間製造相對嚴謹的規則，從而讓作品本身能建立起自身邏輯，而

不是純粹的驚嚇或屠戮，如此才能在安排需要驚嚇讀者的橋段時，依然保有作品本身的秩序（當然這套規則在必要時候也是可以被打破的，例如現在的鬼都會趁你鑽進被子裡前先跑進去）。

在《請把門鎖好》與《別進地下道》中，作者巧秒地利用封閉與開放兩種截然不同的空間，製造不同類型的恐懼。《請把門鎖好》裡發現巨鼠與男屍的密室、夏詠昱和張織梅將自己反鎖於櫥櫃躲避厲鬼追殺的行為，以及最後主角不停囈語著「我沒有妄想症，我只是把門鎖好」，都透過強調絕對的封閉性，從而建構出《請把門鎖好》中的空間規則，藉此讓讀者相信「將自己封閉於狹小空間可以躲避厲鬼」的可能性。

> 我不會讓惡鬼進房門一步的……我得知道那些厲鬼到底會以什麼模樣出現；我在睡前，一定會近乎偏執地檢查各扇門窗，不給奪命惡

鬼有侵入的罅隙。（《請把門鎖好》，頁246）

巨鼠密室賦予了密閉空間的符號象徵，角色群將自己反鎖於櫃內則是密室空間內主體與客體形式的轉換，而最後主角的精神異常則是製造對抽離故事本身的主體（讀者）意志衝擊。這也是既晴在編排這部小說時先以一名記者作家的角度切入吳劍向的故事，而非直接透過吳劍向第一人稱敘事的其中一個原因；貫穿整部小說的主角是吳劍向，但作者真正希望讀者代入的角色反而是只在首章與終章出現的「我」，這樣的安排才能讓讀者從閱讀故事的意識行為抽離出來，從而感受與「我」同等的恐懼。

> 我得把門鎖好。但我必須鄭重聲明，我並沒有妄想症——我只是把門鎖好。我是說真的。我並沒有妄想症——我只是把門鎖好。我並沒有妄想症——我只是把門鎖好。我並沒有妄想症——我只是把門鎖好……。（《請把門鎖好》，頁246）

《別進地下道》恐怖空間的塑造則有別於《請把門鎖好》，《請把門鎖好》是密閉空間被追殺的恐懼，而《別進地下道》則是在未知空間探索的恐懼，不僅如此，儘管《請把門鎖好》和《別進地下道》的舞台都與高雄有所重疊，但在《請把門鎖好》中對於高雄在地風貌的應用並不深刻，可以推論當時既晴只是利用熟悉的家鄉作為故事發生的背景，並沒有刻意進行在地化的探索，而《別進地下道》則明顯具備土地關懷與時事應用的企圖，藉由二零零一納莉颱風肆虐導致北台灣大淹水、捷運系統停擺的真實事件，其中牽引出八具男屍的神祕兇殺案，再結合張鈞見幼時與心儀對象在高雄地下街的神祕體驗，賦予一九八九地下街大火真相的新詮釋。

房間裡陰暗的角落，伏踞了一隻長滿腐肉珊瑚的人形肉蟲，類似頭部之處長滿扭曲的黑髮，緩緩在地板上來回爬行。珊瑚上的突刺漫無目的地向四處伸張摸索，彷彿一隻巨大的路上海葵。地板上留有

斑白可憎的人類骨推，在微光的映照下焚焚發亮。（《別進地下道》，頁156）

在《別進地下道》裡，不論是對捷運、地下街，抑或隱藏在高雄巷弄間的瀆神畫展會場，這些地方對於主角張鈞見而言不僅蘊含著未知的恐懼，同時也因為各種不同理由，他必須要親自走訪這些地方；《請把門鎖好》裡的恐懼含有死亡、怨靈與惡魔等清楚的形象，但《別進地下道》裡的恐懼本體始終都是處於尚未明瞭的狀況，從而讓本作的恐怖感很好地體現在開放空間中。這種探索未知所營造出的驚悚感很容易讓人聯想到洛夫克拉夫特式的恐怖，例如《別進地下道》裡地下街的鬼谷以及半腐的殭屍貓正好與《牆中鼠》（*The Rats in the Walls*）裡修道院下神秘的巨大空間和那些終日在牆壁裡竄動的老鼠相互輝映。洛式恐怖的精華在於探索未知與其伴隨的，無力與神祕存在抗衡的深層絕望感，如《夜魔》（*The*

Haunter of the Dark）《印斯茅斯疑雲》（*The Shadow over Innsmouth*）都是藉由建立未知環境或地標、賦予主角探索理由的形式展開。在開放空間的結構下，讀者無法感受到明確的秩序與規則，只能像故事主角般，在一片黑暗中踽踽獨行。

> 在無計可施的情況下，我只好硬著頭皮往伸手不見五指的樓層深處走去。在一片漆黑裡，我疑神疑鬼地感覺到四周彷彿有什麼生物在不停蠕動，在監視著我。彷彿走了很遙遠的路，我終於看見夢鈴幽微模糊的背影。（《別進地下道》，頁28）

從《請把門鎖好》，建構封閉空間防止外來入侵者威脅的明確恐怖性（甚至書中出現法術「猶大的獄門」也依循著「限制空間」與「立定規則」兩套公式建構），到《別進地下道》裡對開放空間探索的未知與不確定性，一裡一外，一形象清晰一則曖昧模糊，既晴便是利用兩種截然不同

的空間關係，在相仿的題材與故事結構下製造迥異的恐懼。

三、黑魔術的記憶魔法

儘管前述《請把門鎖好》與《別進地下道》藉由空間關係表現了完全不同的恐怖型態，但兩部作品之所以被認為具有承先啟後關係也得歸因於書中大量出現的黑魔法文獻援引。

> 靈媒天生具備一種特殊的體質與敏感度，可以介於人間與鬼界成為翻譯人、傳話者一類的溝通管道，擔任兩個世界之間的聯絡橋樑（《請把門鎖好》，頁140）

> 根據調查指出，拜鬼教是十幾年前由海地傳到台灣來的，屬於巫毒教的一個分支，基本信仰是向已逝親友的亡魂祈福問卜。（《別進地下道》，頁74）

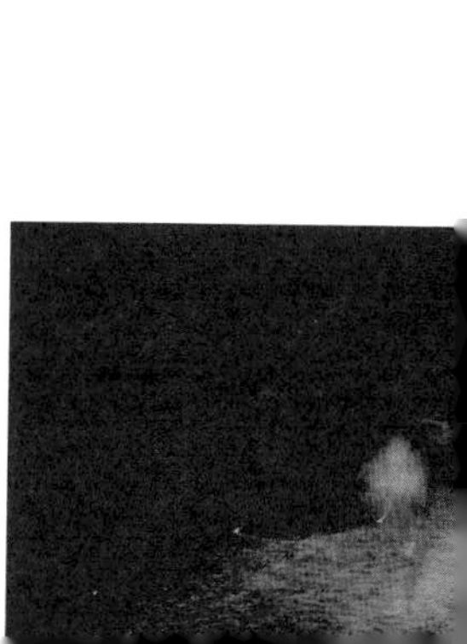

魔法是既晴作品中大量被使用的元素，也是確立張鈞見怪奇偵探身分與既晴幻想特色的根基。既晴對於魔法及超自然現象的觀點除了在《請把門鎖好》中以集體淺意識等心靈科學觀點分析外，於首部長篇作品《魔法妄想症》中亦藉由人類生理的先天條件限制給予了更符合推理文學觀點的解釋，而《別進地下道》雖未直接導入心理學說，但也藉由張鈞見的記憶缺失賦予其不可靠敘述者的形象。

因此，魔法在兩部作品的符號意義在某種程度上也解釋了吳劍向與張鈞見的情緒變化，並藉此使人物形象更加飽滿。既晴透過榮格學說給予魔法概念性定義，將魔法界定位圖像色彩、文字、音樂與夢境符號提供給人的暗示，從而讓書中人物的行為模式展現特定面向的偏執。從《請把門鎖好》裡吳劍向遭遇張織梅後近乎癲狂地為張織梅所癡迷，以及《別進地下道》裡張鈞見對兒時初戀周夢鈴的執著，都可看出既晴如何讓魔法在保持

原理論依據的狀況下於兩部作品中展現截然不同的定位。

吳劍向因為涉入案件、逐步觸及謎團核心而不停受到魔法符號的心理暗示，從而步入鍾思造和夏詠昱後塵，愛上張織梅。初次閱讀本書的讀者普遍會認為吳劍向短時間與張織梅陷入熱戀的行為相當違反邏輯，但若是特別留心既晴在小說開始時對魔法進行的定義並搭配吳劍向的性格變化與結局主角所做的分析，足見既晴嘗試告訴讀者魔法正逐步控制吳劍向行為的企圖，可惜在本書後半段魔法在讀者眼中淪為純粹的恐懼符號，因此這部分的安排作者未能清楚的將概念傳達給讀者。

不過這個小瑕疵在《別進地下道》裡有了改變。既晴在故事初期便鋪陳張鈞見與周夢鈴的感情，此舉不但賦予人物清晰的背景與後續行動目標，也避免了在《請把門鎖好》裡感情戲可能突兀的問題。同時原本「魔法干涉人物情感」的隱諱設計在《別進地下道》裡也透過更容易被讀者

吸收的方式呈現——時空旅行導致的記憶缺失。這讓張鈞見能有別於吳劍向劇烈的性格轉變，保持一概的執著與癡情（當然張鈞見在本書中人物形象尚未定形，也仍未見到後期作品如《感應》、《城境》的碎念式幽默），讓讀者能更容易融入主角情緒，避免閱讀故事時的斷裂或突兀感。

也因為這些改變，「魔法」在《別進地下道》裡成為張鈞見的追尋目標。如果《請把門鎖好》的吳劍向是被魔法控制，那張鈞見就是在探索的過程中利用魔法達成目的。正好呼應兩部作品中相異的恐怖形態；《請把門鎖好》裡的魔法「猶大的獄門」對吳劍向而言是可怕、需要躲避的存在，而《別進地下道》裡的「巫毒娃娃魔法」則是張鈞見達成目的必須利用的手段。因此既晴筆下的魔法，可以說是具備相同定義，但因為不同的情節構成，讓魔法在兩部作品擁有不同的定位與面貌。

四、世代的詭麗幻譚

《請把門鎖好》至今仍然是眾多讀者對「台灣恐怖小說」的首選推薦。筆者亦是賣文為生的人，深知一部作品能夠歷經數十載仍為人所津津樂道相當不容易。除了故事水準出眾外，也必須掌握自己無可被他人所取代的特色，並維持推理小說與恐怖小說的意外性，而這正是既晴作品裡始終不會改變的信條。

儘管從《別進地下道》到《城境》，張鈞見歷經了許多蛻變，那個被過去所束縛而陷入憂鬱與偏執的他漸漸學會挖苦自己、挖苦別人，冷硬派偵探特有的溫度開始出現在張鈞見身上。這樣的他今後必然會扛起城市社會的重擔，遊走於市井巷弄間，將光明所觸及不到的地方照耀於讀者面前。

《城境》彷彿是對讀者宣示張鈞見十年的怪奇偵探生涯正式終結，然而，周夢鈴的影子並沒有消失。

> 我原本希望，可以一直陪伴她、幫她調查她的家人的。可是，她現在不在了，所以呢，我想我能做的，也只有代替她，繼續當個偵探了。
>
> 也許在某一天，只要我還是個偵探，我能找到她家人的去向。
>
> （《城境之雨》，頁263）

或許，張鈞見依然是讀者所熟悉的張鈞見。

或許，既晴的魔法仍在持續著。

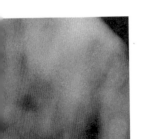

適逢《請把門鎖好》二十周年，既晴也在十月推出了加筆十一萬字的全新修訂版。除了完善角色間的情感鋪陳，也對劇情進行一定程度的梳理與再編排，本文的部分觀點業已不適用於新版中。

但鑒於《請把門鎖好》（2002）與《別進地下道》兩部作品於既晴寫作生涯中有較為強烈的同質性與緊密的時序性，且《請把門鎖好》新版仍舊承襲初版的思想特色。因此筆者認為在本評論集中以初版作評析對象較為妥適，望讀者周知。

二八千子——小說作者。興趣是每天早上都去幫一隻花貓拍照，跟雪茄店的奧吉一樣。

魔幻超自然現象與暗黑網路世界相連之際

——《網路凶鄰》的寓言與預言

提子墨

這是私家偵探在一台個人電腦中找到的影片檔。擁有神秘力量的他，又接獲一樁彌漫著怪異氣氛的案子！委託者是一名殘障的父親，由於愛女沉迷於網路遊戲卻慘遭火焚，父親顯然已神智不清，竟一心想尋找『失蹤』的女兒。當張鈞見被帶進少女的房間時，他驚訝的發現整個房間都被油漆塗黑，只剩下一根白色繩索吊在水晶燈下！而搜尋房間裡的電腦，赫然發現一段觸目驚心的上吊女子影片！（《網路凶鄰》內容簡介）

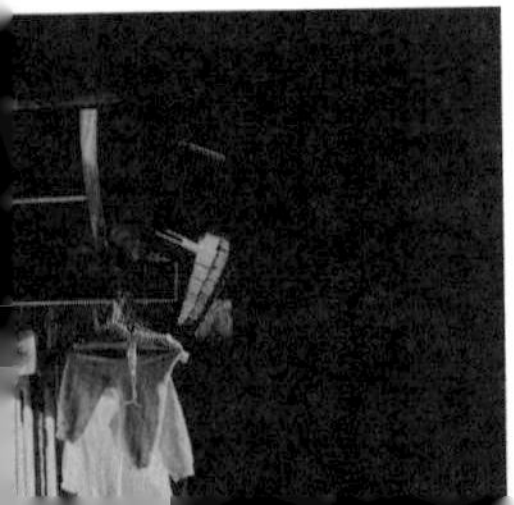

1989年，由美國聯邦政府支援的非營利組織「網際網路工程任務組」（IETF）成立，來自全球的志願參與者最初的願景是建立一個自發性的標準，以確保提升未來網路的易用性和互相操作性。

其後，「網際網路協會」（Internet Society / ISOC）在美國維吉尼亞州與瑞士日內瓦成立，延續了促進全世界走進網際網路時代的宗旨，扮演著領導與推動的重要角色。1995年，曾被日本政府與企業稱為是「網際網路元年」，同年微軟的初代Windows 3.1X與MS-DOS，進階至Windows 95時代，更在Window NT後從16位元進入32位元作業系統，直至今日的x64位元作業系統。

既晴《網路凶鄰》的故事架構在千禧年之後，電腦與網路逐漸在已開發國家普及，並走進每一個家庭的初期。當時許多隱藏在網路上光怪陸離的現象，無論是私人的言論攻訐或集結群眾的霸凌暴力，仍屬於一個沒有網路警察、沒有網路犯罪防治單位，也沒有確實法規可管束的混亂年代。

那一段法律追不上網路科技犯罪的期間，世界各個角落也確實出現許多青少年因無法承受網路霸凌，而莫名其妙死於非命的自殺潮。

這一本犯罪小說完稿後的2003年，剛好也是日本自殺死亡率最高的一年——總計34,427人。日本在經濟持續惡化下，全國的失業率超過5%，除了網路問題所延伸出的自殺事件外，社會上也頻傳許多上班族因失業而在網路上相約燒炭自殺的事件。同年九月，日本官方通過《交友類網站規制法》，並與早已行之有年的《青少年保護健全育成條例》相互配套，嚴禁未滿十八歲的青少年，登錄任何以交友為名目的聊天室或網站。

儘管如此，網路世界花招百出與日新月異的發展速度，是法律條款所望塵莫及的。這些年更出現慫恿自殺的網站，或只能以特殊瀏覽器才能登入的歐美「暗網」（Dark web），那些無法被Google或任何搜尋引擎找到的深網（Deep Web）與暗網，也成為網路世界的地底國度，不知門道的人所無法一探究竟的網路犯罪底層。

> 相關討論串必須愈來愈長，引發網路愈強烈的波瀾，直至媒體大幅報導，警方才會揚棄原先意外或自殺的結論，重新展開調查，殺人魔也才能得到他所需要的世人目光。……
>
> 那麼，人體自然現象，正是網路殺人使用的殺人手法嗎？這種現象真的能夠透過網路遂行謀殺嗎？……
>
> 在我的腦海中，不由得閃過一個念頭……火焰魔法！
>
> 世界上真的有火焰魔法嗎？（《網路凶鄰》，頁82-83）

2005年《網路凶鄰》正式出版，除了探索當時風行一時的網路「聊天室」眾生百態，也延續了既晴創作前期充滿魔法、巫術或超自然現象的題材。他曾提及當時對密室、不可能犯罪或魔法非常著迷，因此很喜愛美國推理作家約翰．狄克森．卡爾（John Dickson Carr）的作品，在大學時代就研讀卡爾「基甸．菲爾博士探案系列」的《女巫角》與《耳語的人》，

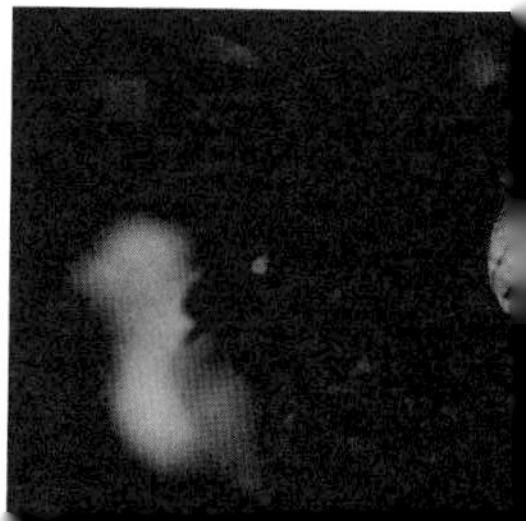

以及獨立故事的單集小說《燃燒法庭》等多本原文作品。

上個世紀末的台灣社會，巫術與魔法仍被定義是怪力亂神，坊間少有關於魔法與巫術的參考書籍。就連2000年J. K. 羅琳的《哈利波特與魔法石》剛剛上市時，也曾被宗教衛道人士大肆抨擊，直指羅琳書中所提到的都是真實咒語，擔心會因此危害兒童或青少年讀者的身心。

不過，多年來全球眾多讀者都將《哈利波特》的電影或小說讀得滾瓜爛熟，也不見有人能夠以「阿喀哈姆啦」（Alohomora）的開鎖咒，將他們家的門鎖下咒，或用「溫咖癲啦唯啊薩」（Wingardium Leviosa）漂浮咒，讓自家的小貓小狗漂浮於半空中，甚至以「整整石化」（Petrificus Totalus）咒語，讓老師或家長變成化石動彈不得！

在那個魔法與巫術未蔚為風潮，成為全球話題的時期，既晴就已經是個魔法、巫術或超自然現象的狂熱者，還在美國亞馬遜訂購過一些關於

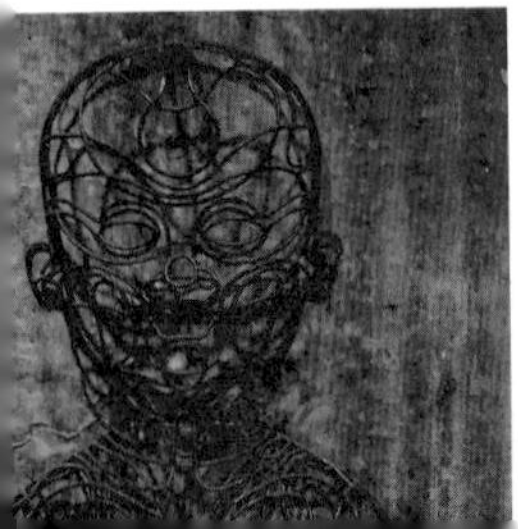

《巫術史》的書籍，這些原文書不但帶給他撰寫《魔法妄想症》的許多靈感，也是其後《請把門鎖好》或《別進地下道》中許多超自然橋段的考證資料。

> 我的名字是——張鈞見。我出生於西元一九七八年，也就是民國六十七年。生日是七月二十日，巨蟹座。目前我的職業，是一家徵信社的偵探，老闆是廖叔，廖天萊。而，這家徵信社的名字叫做……叫做……廖氏徵信諮詢協商服務顧問中心。
>
> 廖氏徵信諮詢協商服務顧問中心！本社唯一的缺點，就是名字太冗長。」（《網路凶鄰》，頁17）

《網路凶鄰》的張鈞見，仍是讀者們熟知的「怪奇偵探」，專門偵辦一些詭異離奇的案件，除了有著喜歡冒險的年輕靈魂，還自認在人格特質上與聞名於世的怪盜亞森．羅蘋很像。當時年僅二十出頭的他，在性格上

也不時流露出純情與迷惘的一面，不然就不會被長得酷似初戀情人夢鈴的少女設局了！

近作《城境之雨》，張鈞見的形象有了不可同日而語的蛻變；但是，即使是真實世界中的凡人，在經歷十幾二十年的人生歷練後，也一定有所成長、有新的思維或新的身分吧？如果沒有任何長進或一點都沒有改變的話，反而會被認為是一條「魯蛇」呀！

因此，系列小說中的主要角色也會經歷不同的人生階段，循序漸進地從慘綠少年、社會新鮮人到初老期的熟男魅力，職業上也可能有所變化，既晴的張鈞見系列小說中出場的角色，也表現出與讀者一起成長的臨場感，成為探案過程之外格外受到關注的部分；除了破解謎團，也常會斟酌水落石出破案後，如何將無辜者的傷害降到最低，這些成熟的特質也讓那個角色更貼近真實的現代人，而不再是一名血氣方剛急於解謎的破案英雄。

> 用鑰匙打開家門，面對的是空洞狹窄的小套房。時間已經很晚，明天還有一場業務報告，投影片只準備了一半……但高家薇回家後的第一件事，依然是打開電腦、連上網絡、進聊天室。
>
> 最近的工作壓力愈來愈大，她午夜離線的時間也愈晚。昨天，她在網絡上待到三點半。一進聊天室，熟悉或陌生的網友紛紛對她打招呼。（《網路凶鄰》，頁10-11）

網路經歷近三十五年的推廣進程，人類從上世紀的紙上作業轉變為電腦文書處理；光學影像也進入數位CG或3D動畫合成；從書信交友進化為BBS、聊天室或即時通；青少年更從遊樂場的投幣機台或任天堂紅白機，躍入各類型五光十色的線上遊戲。全球的網際網路使用者也從2005年的16%，在2019年攀升至53.6%。

然而，網際網路光鮮亮麗的高科技表皮下，也逐漸滋生出藏污納垢的網路霸凌、釣魚詐騙、言語毀謗、色情援交、盜版販賣等……，將人性帶

入另一種自以為可毫不負責任匿名攻擊他人的世代。網路科技的發達滿足了人類求知的慾望，也開拓了我們跨出自己的所在地放眼看世界的視野。但是，那僅是以正向的眼光看待網路的國度，它不見得能填補人類欲求不滿的內在空洞，以及躲在暗處窺探他人與落井下石的劣根性。

《網路凶鄰》寫的是許多人的「寂寞」故事，那些在現實世界中因為外在條件或不擅交際的個性，而將聊天室中從未見過面的網友，視為是朋友或家庭成員。那種虛擬的人際關係進化至近年的社群網站後，有些人甚至將「好友名單」當成是唯一的交際圈，儘管名單上洋洋灑灑可曬出千百名朋友，絕大多數卻是從未謀面過的陌生人，甚至在現實生活中仍是個獨自在角落舔傷口的孤獨人。

當那一份真實的孤獨，面對網路世界中虛幻的掌聲與吹捧時，自身軀殼下那一縷寂寞的靈魂，也將膨脹出無以復加的異變自我，甚至在膨脹中

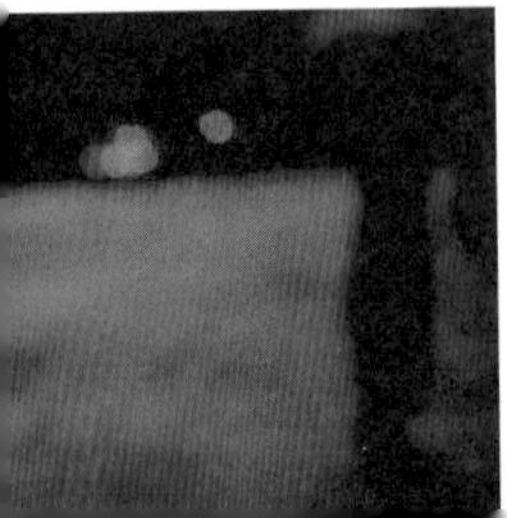

繁衍出更多不同的自己。在網路年代的初期，檢調單位尚未有追蹤IP位址的權限與法條，鍵盤柯南的人肉搜索也尚未興起，許多人也就天真地以為可以躲在匿名的網路空間，神不知鬼不覺地愚弄他人，或是以不同的身分將所有人玩弄於股掌之間。

有些人只想滿足內心的虛榮，有些人則是宣洩現實生活中無法張揚的惡形惡狀，有些人卻想扮演上帝或死神，去滿足那個在日常生活中其實極為渺小的自己。

> 高家薇在網絡上有三種身份。一個是無心課業、想要輟學的高中女生；第二是新婚未久、丈夫經常出差的少婦；最後一個，是最接近真實的一個：剛從大學畢業、正進入一家知名企業準備一展才華的社會新鮮人——那正是十年前的自己。（《網路凶鄰》，頁7）

在開場的楔子中，既晴完全沒有拖戲就進入步步驚魂的劇情，確實能

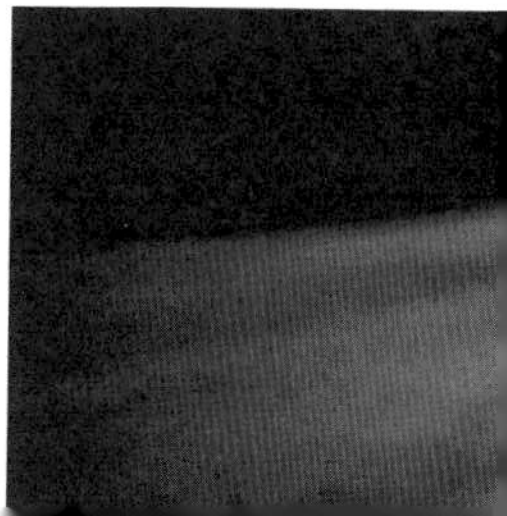

將喜愛掛在網上的讀者們，嚇到皮皮挫不敢再相信網上的陌生人了！從高家薇的身上，我們看到了她在職場上的競爭與失意，和現實生活中的不順遂、不滿足，甚至是和同事之間拒人於千里之外的孤僻。

唯有在虛虛實實的聊天室中，以各種不同的暱稱與身分得到了關注與追求。白天職場競爭與壓力越是逼得她喘不過氣，夜晚在聊天室所待的時間也就越長。因為，那是她唯一能夠逃避現實，並且得到心靈慰藉的小小角落。在那裡，高家薇才能找回真實世界所沒有的尊嚴與榮寵。在那裡，陌生人群環繞與美言的情境下，她方能吸取足夠的養分，隔天堅強地去面對令她百般厭倦的職場生態。

就火象星座而言，聊天室是他的虛擬獵場，是他布下誘餌、設下陷阱的場所。他和高家薇一樣有著各種不同的分身，卻是一步一步將目標獵物，推入深不見底的恐懼與死亡。聊天室並不是他尋求認同與慰藉的所

在，反而是藉由他的陷阱，讓陌生人活在驚恐、錯愕與瘋狂之中，來滿足自己在現實生活中所沒有的權力與控制慾，也餵飽了內心那頭殘破不堪、反社會人格的獸。

林小鏡告訴過張鈞見：「網絡就像無數的觸手，協助殺人魔探勘、搜集被害者名單。聊天室、BBS增加攀談的交流，讓人無意識地卸下心防；駭客軟件讓遠程監控變得輕鬆簡單；搜尋引擎甚至還可以幫忙彙整分類。而且，被害者在網絡上透露的訊息愈多，殺人魔就愈能達成完全犯罪！」

對網絡殺人魔來說，許多與高家薇一樣，在網路上或聊天室中尋求溫暖、鼓勵與安慰的女子們，也就是最好的下手目標！

高家薇與火象星座這兩個角色，在網路上以許多不同的身分，欺騙他人的情感或威脅對方的生命，也令人聯想起美國明尼蘇達州那位叫梅切．特丁克爾（William Francis Melchert-Dinkel）的男護士。他是一名已婚育

有兩名孩子的中年男子，從2003年起，開始在許多知名的聊天室中以Li Do、Cami D或Falcon Girl，化身為多位不同身分的女性。

那些分身大多被梅切特·丁克爾賦予了善良、熱心、有正義感、願意傾聽他人的煩惱，並且給予心靈上的撫慰與建議。她們有時候是鄰家女孩、大學新鮮人，或是正飽受憂鬱症纏身的女性護理人員。只不過，梅切特·丁克爾的女性化身們所出沒的網站，全都是「自殺論壇」或「自殺聊天室」，尋找著有憂鬱與自殺傾向的年輕女子或男子。就像《網路凶鄰》中所言——

> 這個殺人魔，會從網路上尋找不特定、條件合適的被害者，以友善的模樣出現。殺人魔變成被害者的一個家人不知道、男友不知道的密友，因為人在內心的某個角落，永遠都需要一個私密國度。
>
> 所以人才需要網絡，網絡提供了匿名而自由的空間……網絡殺人

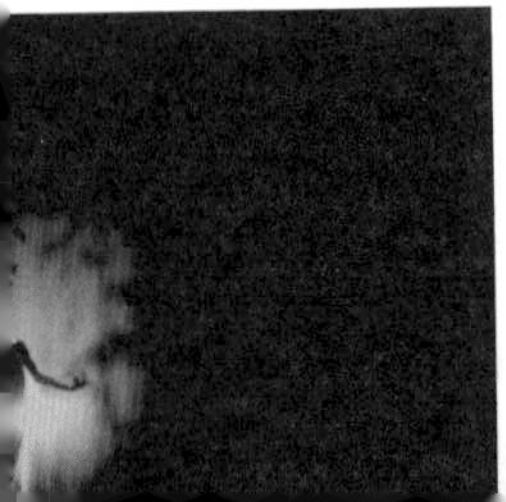

> 魔，正是借由別人這種隱秘的需求，偷偷溜進被害者背後的生活圈，遂行他的殺人渴望。（《網路凶鄰》，頁116-117）

梅切特．丁克爾總是以女性深有同感的語氣，溫柔貼心地鼓勵對方與「她」一起輕生，還會不遺餘力教導上吊自殺的方法和訣竅，如藥物或繩索結繩的技巧，有時還會根據對方的身高和體重，精心計算出繩子的長度和懸掛的高度，或圖解被害者該如何在繩子上打結，才能夠在無痛苦之中死亡。當兩人約定好共赴黃泉的日期和時間後，他會要求對方在自殺時打開電腦上的攝影鏡頭，而他則在鏡頭的另一端，默默觀賞著對方一步步邁向死亡的過程。

網路世界中一人分飾多角欺騙感情、詐騙金錢或擄人勒索的技倆，也徹底被提升至無以復加的變態行為。梅切特．丁克爾被逮捕後，坦承在四、五年之內曾經與數十名青少年交談過，鼓勵他們上吊自殺，至少成功過五次……也就是說，五條年輕的生命，曾被他扮演的女性角色，手把手慫恿、鼓勵與教導下，結束了自己的人生。

直到2011年，明尼蘇達州法院才判處梅切特．丁克爾兩項罪名成立。他被判入獄六年半，但是他的刑期中大部分是緩刑，實際入獄的時間僅有一百七十八天。在保釋期的十年內，每當兩位具名的受害人忌日時，他必須回到監獄服刑兩日，而在保釋期的十五年內，梅切特．丁克爾也不能使用網路，或以任何方式登錄與「自殺」有關的網站與聊天室，更禁止以任何形式和網上的使用者聯繫，否則將被視為違反保釋條例，立即會恢復刑期服刑。

近年來，網路自殺案件的數字早已比網路元年又高出更多，甚至出現了專門為自殺者直播的網站，原本以便利人類與提高經濟效益為前提的網路科技，也在世人心術不正的劣根性下，被赤化為嗜血者鼓譟的天堂。

那是一條上吊用的套索。……

女孩沉下肩膀，彷彿發出一聲嘆息，然後，她再度伸出雙手，緊緊握住眼前的圈套。……

倏地，女孩的雙腿用力往前蹬，離開了原先站立的座台，懸止在半空中。她的身體不自然地急遽掙扎抖動，猶如觸電的白色蟒蛇。

未久，女孩頓時停止掙扎，房間也變得不再顫動，畫面上只剩下一具巨大的晴天娃娃。（《網路凶鄰》，頁49）

《網路凶鄰》予人的行文風格簡潔有力，有時又帶著令人發寒的冷冽，對未知超自然力量的鋪陳，對網路世界黑暗底層的描寫，以及對聊天室中異變的恐怖人格之洞悉，皆在字裡行間發出令人毛骨悚然的寒光。本作涉及懸疑、驚悚、恐怖、魔幻、靈異、解謎多種元素，亦延伸他早期作品的風格——在不可能的魔法犯罪中，解謎出可以成立的魔法犯罪邏輯。

儘管《網路凶鄰》出版已十六年，但小說中所提及的網路霸凌至今並

沒有減少或改變，甚至有日趨嚴重的傾向。從2012年加拿大少女阿曼達·陶德（Amanda Todd），因網路霸凌而在自殺身亡前，錄下的八分鐘令人心痛的無聲字卡影片；到2014年中國網路翻唱歌手Neuuuuu（曾鵬宇）遭受網路霸凌後，在萬念俱灰下直播自殺輕生的駭人影片。

乃至2020年癌末女子「卡夫卡鬆餅君」（趙上上），在抗癌過程中備受網友的關注，卻因勵志的文章與影片成為網紅後，反被質疑是造假，而淪為網路暴力下的犧牲者，甚至在癌末身亡後仍被匿名者以言語羞辱。而那些曾經霸凌過她的匿名群眾在被肉搜出來後，也宿命式地成了被其他好事者霸凌的對象。

> 網路是一個使我覺醒、使我成為兇手的媒介。它集合了存在於人類世界的所有惡意，礁島上線者所有聰明狠毒的致命絕招。網路有如一隻邪惡的食人魔，吞噬了世人的夢想、希望……。（《網路凶鄰》，頁241）

至今，網路上仍隨處可見道貌岸然的「凶鄰」與正義魔人，顯示出有關的倫理道德，並未隨著科技的發達與進步而有任何進程，反而被視為某種理所當然甚至稀鬆平常的網路現象。在這個資訊爆炸的年代，也令許多涉世未深的青少年，在對網路安危尚未有實質瞭解之前，就成了在電腦前喪命的年輕魂魄，也成為《網路凶鄰》中警世的寓言與預言。

提子墨—作家、台灣犯罪作家聯會會員、英國犯罪作家協會會員、加拿大犯罪作家協會PA會員、第四屆島田莊司推理小說獎決選。曾任：ETtoday與OKAPI簽約專欄作家、北美《品》雜誌與紐約《世界周刊》專欄作家，目前旅居加拿大。

已出版：微笑藥師探案系列：《熱層之密室》與《水眼》；U. N. D. E. R.系列：《星辰的三分之一》；非系列作品：《火鳥宮行動》、《追著太陽跑》、《幸福到站，叫醒我》、《浮動世界》；合譯作品：《推理寫作祕笈》。

爐火純青之後

——談《超能殺人基因》和《修羅火》

楓雨

既晴於2002年獲得皇冠大眾文學獎首獎，甫出道就被倪匡評為「爐火純青」：

> 常被用來形容小說精彩的句子是：不看到最後，不知道結果。而這篇小說卻是：即使看到最後，還是不知道結果！……作者表現的寫作能力，情況像超高溫的火，將水分解成為氫和氧，前者自燃，後者助燃，使原來的火從紅色變為青色——這種情形叫什麼來著？對了，叫：爐火純青！（倪匡，《請把門鎖好》推薦序）

其後的作品也在作者大量閱讀國內外作品及實踐中，逐漸產生一套自己的創作理論，並實現在作品中。筆者雖然曾經有幸與既晴討論彼此的創作觀點，不過比起論點，如何在作品中實現是更加重要的課題，本文以《超能殺人基因》和《修羅火》為出發點，揭示既晴在台灣推理大眾化及在地化的發展歷程中所作的努力。

《超能殺人基因》和《修羅火》同屬於張鈞見系列，出版間隔不到一年，也是目前張鈞見系列目前最新的兩本長篇。在創作上各有異同，本文分別就「女性角色的塑造」、「傳統元素的翻轉」和「台灣元素的呈現」進行討論。

一、女性角色的塑造

提到女性角色的塑造，必須先提起的，就是張鈞見的初戀女友周夢鈴。一個塑造全面的系列偵探，通常都會有人生的「第一案」，這常常代

表了偵探萌發的起點。

然而周夢鈴在系列的第一作《別進地下道》就提前退場了，在《網路凶鄰》中，取而代之的是長相神似的年輕女孩林小鏡，她不只是勾起張鈞見回憶的引子，也同時是除了兇手之外，第一個成功愚弄張鈞見的人。有著浪漫元素又勢均力敵的對手，是大眾文學相當經典的設定，最讓推理迷耳熟能詳的，無非是福爾摩斯系列的「The woman」艾琳·艾德勒。這一點也可以從兩人互相的暱稱體現出來，林小鏡稱張鈞見是「亞森羅蘋先生」，而張鈞見稱林小鏡是「福爾摩斯小姐」。

> 「午安，」對方露出笑容，聲音放得很輕。「亞森·羅蘋先生。」
> 在這個世界上，只有一個人會把亞森·羅蘋直接拿來當作我的綽號。
> 「午安，福爾摩斯小姐。」（《超能殺人基因》，頁91、92）

比較可惜的是，最精采的對手戲只在《網路凶鄰》的初次見面時上演，《超能殺人基因》中，林小鏡因為初期就受了重傷，幾乎沒有甚麼戲份，再加上群戲的擠壓下，只剩下引出張鈞見心魔的功能，少了原本對手的感覺。不過後續的《修羅火》，可以發現《超能殺人基因》提供了有力的角色承接，因為《超能殺人基因》鋪陳出來的三角關係，才會讓《修羅火》的人性糾葛顯得更加強烈。

網路上稱《網路凶鄰》、《超能殺人基因》、《修羅火》是科技三部曲（引自林斯諺臉書，https://www.facebook.com/ellerysyl/posts/976945425664923/），可是如果以張鈞見和林小鏡之間的感情戲看來，這其實更像是一個未完成的四部曲，《網路凶鄰》是兩人的初識，《超能殺人基因》承接張鈞見和林小鏡的糾結，《修羅火》提供衝突的轉折，也在結尾處留下了懸念。

林小鏡在故事的角色設定上，擔當「舊愛」的角色，是一個過往的遺憾。在羅曼史的經典編排上，與「舊愛」互相對立的，常常是一個「現在的夥伴」，而在系列中擔當這個角色的，即是廖氏徵信社的秘書馬如紋。

馬如紋是貫穿全系列的角色，又與張鈞見互為異性，難免有曖昧的對手戲，而這樣氣氛在《超能殺人基因》中來到了最高點。出於辦案的原因，張鈞見與馬如紋必須假扮成未婚夫妻，也讓人見識到了馬如紋冰山以外的另一面。

在《超能殺人基因》和《修羅火》的末尾，馬如紋都展現了對張鈞見的關心，讓人見識到這對吵鬧拍檔溫馨的一面。

> 「你知不知道這樣子很危險？」眼睛泛紅的如紋擒住我的衣領，雙手發顫。「你這個人真可惡，只會讓我擔心……」（《超能殺人基因》，頁264）

「如紋，」我輕輕撥出那條橘色的電線，讓瑞士刀的小剪可以深入並且夾住。「妳為什麼不逃走？」

「……我答應過社長，他不在時要好好盯著你。」

「好，」我的拇指與食指開始施力，「那就請妳好好盯著我。」

（《修羅火》，頁82）

相較於張鈞見和林小鏡是以才智互為對手，張鈞見和馬如紋則比較像是互補的兩塊拼圖，除了個性上一冷一熱之外，張鈞見擅長跳躍式的異想天開，馬如紋則是實打實幹地蒐集線索，所以張鈞見依靠邏輯推演出來的假設，往往就由馬如紋來蒐集具體事證。

除了系列角色林小鏡和馬如紋，《超能殺人基因》和《修羅火》也出現了眾多各具特色的女性角色。《超能殺人基因》中謎樣的外國女子高登，雖然帶有一點傳統金髮美女的刻板印象，不過既晴並沒有拘泥在

這樣的設定裡。如果說林小鏡和馬如紋，分別代表「舊愛」和「現在的夥伴」，那高登的角色形象，就比較接近冷硬派故事中的「危險美人」，未必是因為角色本身危險，而是因為角色的特質，容易為身邊的人招來悲劇。真正的危險，其實是出於未知。

《修羅火》中的補習班老師方嘉荷，也是一個相當特別的存在，除了對劇情推進有關鍵作用外，方嘉荷默默守護石守賢父子的模樣，也引出了張鈞見溫柔的一面。在她面前，張鈞見說了個小謊，為的就是拉近兩人之間的距離。

存在這麼多各具特色的女性角色，除了與張鈞見互有交集之外，既晴還在配角間建立了各種各樣的感情線。比如在《超能殺人基因》中，孫辰徽對許嫻然的愛情，癡情到近乎變態，不過仔細想想，又並非不合常理。許嫻然對於亡夫有著拋不開的執念，而孫辰徽只能守候在一旁，等著許嫻然隨著時間自然遺忘，又要提防著許嫻然因為精神失常的自殘，承接了許

嫻然所有的負面情緒，又難以表達愛意，比主線中的張鈞見和林小鏡更加虐心。

《修羅火》開頭的小故事，則聽來有些驚悚。女孩在蘭嶼找尋著不告而別的男友，最後得來的是一封恐怖攻擊的預告，讓人害怕的不是災難本身，而是預告信背後的心思，如果女孩沒有前去找尋男友，就不會獲得這封預告信，也就會喪身於恐怖襲擊之中。

感情一直是微妙的謎題，相對於講究邏輯的推理小說，感情這種事情根本就毫無道理。或許也是這樣，在推理作品加入感情線，往往也會顯得特別震撼人心。《超能殺人基因》結尾的一段對話，或許能約略勾勒出這種感覺。

「她打算跟著他回法國去……哎，女孩子的想法真難理解……」

「不需要理解，只要全心全意地去感受即可。」（《超能殺人基因》，頁268）

二、傳統元素的翻轉

推理小說已經累積了無數的經典作品，也漸漸形成各種類型，包括密室、不在場證明、不可能的犯罪、社會派推理、冷硬派推理等等，很難有一本小說跳脫類型框架，但是推理小說本身又講求意外性，要如何在既有的框架中玩出新花樣，就考驗著作者的功力。

《超能殺人基因》本身的架構就是暴雪山莊的故事，一群人因為某些原因斷絕了外界的聯絡，在封閉的空間當中，兇手的人選被限縮，殺人的手法也不能再天馬行空，好處是排除掉不必要的干擾，壞處就是作者發揮的空間也被侷限。

《超能殺人基因》的創新之處，在於它沒有把這樣的框架當成限制，反而讓它成為故事的妝點。故事中造成暴雪山莊的主因是地震，而地震也成了故事的重要背景，委託人的丈夫因為地震而失蹤，而超能基因的研

究，也是源於預言地震的念想。甚至張鈞見自己的過去，都和九二一大地震有關。如果說地震是一個框架，對於《超能殺人基因》來說，這也是一個唯美的畫框，達到相得益彰的效果。

而除了暴雪山莊之外，《超能殺人基因》還引入了另一個經典元素——那就是「預告殺人」。這個元素本來和暴雪山莊有所衝突，因為暴雪山莊通常是源自於不可預測的原因，比如說地震便是不可預測的，那在不可預測的因素介入下，要如何完成「預告殺人」？就同時考驗著兇手和作者。《超能殺人基因》的結局，也給出了相當巧妙的答案。

在《修羅火》中，套用的是另一種類型——「限時破案」。為了增加故事的緊張感，推理故事總會透過各種方式給偵探設定破案期限，有些是上司給予的破案期限，有些則是兇手給的，雖然能夠增加故事的精采度，但是有時太過刻意的設置反而會讓故事顯得不自然。《修羅火》的破

案期限就是兇手給的，也是恐怖攻擊發動的時間，主角必須趕在恐怖行動實行之前破案，才能夠阻止慘案的發生，這樣的設置就比較自然。而針對限時炸彈，作者也透過角色之口，給出了一個合情合理的解釋。

> 設計一個炸彈需要花很多時間。所以，假使完全不給對手時間，那是勝之不武。（《修羅火》，頁244）

特別的是其中一個拆炸彈的橋段，在劉德華主演的《拆彈專家》中重現，可是兩部作品差了超過十年，也可見到既晴設計詭計的前瞻性。《修羅火》亦把類型框架作為一個施力點，變化出更跌宕起伏的劇情。《修羅火》的時間設置本身也是一個謎團，畢竟計畫已經遭人干擾，主謀理論上可以隨時引爆炸彈，為什麼不這麼做？成了劇情的其中一個關鍵。

除了推理小說的傳統類型，《超能殺人基因》和《修羅火》的共同特

色，在於同時存在兩條時間線的謎團。雖然張鈞見一開始接觸的是當下的謎團，但是為了案情的需要，不得不去挖掘過往；而過往又存在著不確定性，如果不釐清過往的謎團，就無法確定現在。《超能殺人基因》需要釐清的就是王閔晟在九二一大地震後失蹤的原因，再更往回追溯，還有發生在異國的連續女子遭人殺害之謎，等於是三線同時併行。而既晴的高明之處，在於沒有直接分成三段故事線去架構故事，而是把三條線都融入現在，透過角色對話去還原過去的兩條故事線，除了在寫作上需要更高的技巧，也能夠反映出不同視角對於過去的不同解讀。

《修羅火》也存在著類似的設計，時序上比較近的，是美國探員詹森的來歷；而時序比較遠的，就是台灣的核彈計畫，包括「新竹計畫」和「第二方案」。這部分也和《超能殺人基因》做了相似的處理，都是透過關係人之口，慢慢還原過去的事件真相。因為主體還是當下的案件，所以

對於過去的案件，就不會有多餘的段落或是不必要的情感塑造，也比較不容易失焦，也讓當下的劇情會顯得更加緊湊。否則，如果兩部作品都分成三條故事線並行，小說的篇幅很可能會變成兩倍，故事也不會像原本那樣精彩。

另外，作為以理性為主軸的推理小說，張鈞見系列具挑戰性地加入超自然的元素。除了張鈞見本身就因為九二一而出現靈異體質，《超能殺人基因》也沒有完全否定超能者的存在，甚至張鈞見自己也學會了這樣的技巧，在《超能殺人基因》和《修羅火》中，都透過了超能力保住了自己的生命。在推理小說中加入超能力，很容易會引起線索不公平的質疑，不過兩本作品的超能力橋段都與核心謎團無關，所以不但沒有造成類型上的衝突，反而成了小說另外的亮點。畢竟，這世界上本來就有許多科學無法解決的問題，而在絕對理性的推理世界裡，如果還能存在邏輯無法解釋的謎團，就如同黑夜中的一顆星點，會顯得更加耀眼。

三、台灣元素的呈現

近幾年，越來越多創作者願意在作品中加入足以代表「台灣」的元素，然而元素的植入也有層次之分，從最表淺到深入作品內裡，從「單純將地名替換成台灣地名」，到「將台灣元素融入故事劇情」，甚至是「只有台灣人才能寫出的小說」。

「單純將地名替換成台灣地名」，或許不需要作家，只需要將國外原本就很成功的類型公式，套用到台灣這個場域中，就可以交出一篇看似台灣味十足的作品。而「將台灣元素融入故事劇情」，就必須下一點功夫，因為不只地名被代換，當背景改變之後，事件和劇情也會有相應的改變，比如說台北和倫敦的地景和人文就大不相同，如果這樣的差異能夠對劇情造成巨大的改變，對本地的讀者來說會更為親切。

「只有台灣人才能寫出的小說」，則是目前能想到的最高境界。前兩

者，只要一名作家足夠優秀，對當地的風土民情做了足夠的功課，即使是一名外國人，也有辦法寫出具有台灣特色的作品，甚至足以蒙蔽大多數在地讀者的眼睛。所以，「只有台灣人才能寫出的小說」，並不是針對讀者所設立的目標，而是本土作家的自我期許，畢竟在這塊土地生長數十年，應該不只是民俗、器物上的改變，在價值觀上也會有很大的不同。

《超能殺人基因》和《修羅火》也表現出既晴對推理文學在台灣的本土化發展的努力，也達到了相當不錯的效果。

《超能殺人基因》中最主要的台灣元素，是九二一大地震，也是台灣人的共同記憶。雖然可能沒有像東野圭吾的《幻夜》那樣刻意渲染地震所帶來的劇變，不過小說中處處都可以見到九二一影響到了許多人。除了事件關係人外，張鈞見本身也受到了劇烈影響。而這次的「暴雪山莊」，就是以地震造成，在地震發生的當下，既晴跳接了張鈞見對九二一大地震的回憶，也勾起了讀者的過往記憶。

> 一瞬間，我的腦中轟然浮現一連串電影場景跳接般的錯亂畫面。那是倒臥碎裂的房屋、崩滑散解的斷壁、錯動隆突的道路、頹覆摧圮的山垣……曾經在九二一大地震出現過的歷史影像，此時又鮮明地衝撞著我的胸膛。（《超能殺人基因》，頁99）

故事主場景「玄螢館」的構建，也處處留有與地震相關的巧思，建築名稱來自牆上的螢光油漆，在地震導致電力中斷時，牆上的螢光就能夠協助逃生。而故事的「超能基因」，研究的動機之一，也是為了預言難以預測的地震。這對於台灣人來說，都是共同的記憶，甚至是共同的念想，只因為曾經有過相同的噩夢，隨著故事中地震的發生，不只標誌著謎團的展開，也是再度喚醒了台灣讀者的回憶。

到了《修羅火》，故事主軸換成兩岸對峙時期的核彈計畫，儘管因為時代久遠的關係，情感上的共鳴變得沒有那麼強烈，不過既晴還是成功打造出專屬於台灣的娛樂大作。想來美國時常推出各種以冷戰為題材的動作冒險電影，台灣能夠利用自己的歷史打造出屬於自己的冒險故事，也是另一種方式的台灣元素植入。反思過去在地化的進程，那些深入內心的題材往往獲得更多的掌聲，不過其實還是需要有一點大眾娛樂的面向，才能讓在地化的過程更加多元健康。

《修羅火》和《超能殺人基因》相比，比較偏向後者。不過這不代表在創作的過程中是更加容易的，事實上，要如何鋪排故事線讓劇情高潮迭起，有時候比在作品中剖析人性內核還要更加困難，這兩者本來就沒有孰先孰後。《修羅火》在結構上很像《終極警探》，都是小人物發現了大陰謀，並透過不屈不撓的行事風格造成犯罪組織的困擾。故事的主角沒有精良的配備、沒有專業的後勤支援，他們有的只是對真相的鍥而不捨，還有拼湊事件的推理能力。

總結來說，《修羅火》和《超能殺人基因》在大眾化及在地化上，較

獲得皇冠大眾小說獎的《請把門鎖好》更加成熟了，以後設的觀點來看，《感應》和《城境之雨》又更上層樓，討論的面向也更加深刻。

既晴未來將繼續推出張鈞見的長篇系列，無論是延續過往，或是產生破格新局，都讓人相當期待，也期待有更多創作者加入大眾化和在地化的隊列當中。

楓雨──台中人，作家，台灣推理推廣部創始人，台灣犯罪作家聯會成員。曾獲金車奇幻小說獎優作，全國醫學生聯合文學獎小說組評審獎，台大醫學院楓城文學獎小說組第一名。創作以社會寫實犯罪小說為主，期望寫出「只有台灣人能寫出來的小說」。已出版：《伊卡洛斯的罪刑》、《棄子：城市黑幫往事》、《沒有神的國度》、《我所不存在的未來》

以死亡描繪愛的形狀

——談《獻給愛情的犯罪》的人性悲劇與救贖

賴特

《獻給愛情的犯罪》是既晴2006年於小知堂文化出版的短篇集——雖然本書以四個推理短篇〈考前計劃〉、〈復仇計劃〉、〈鶯歌〉、〈我的愛情與死亡〉結構而成，但在各篇的情節敘事與軸線的連貫上互有關聯（尤以後三篇人物關係的連結與糾葛），特別是創作手法與表現主題存在著縝密且頗具有一整體性的構思，當然，作者在創作的同時，也不忘融入時代性與社會背景的價值討論，充分展現出作為犯罪小說家，對於「正義」、「真相」、「現實」這些議題積極、不迴避的態度。藉由文學

表現對社會動態關注的特點，在既晴《感應》（2010）、《城境之雨》（2020）兩本短篇小說集中，亦存在著不同探索方向，卻殊途同歸的核心關懷。

本書的創作概念，相當明確地以「愛」為主軸，〈考前計劃〉以親子之愛為主，其餘三篇則以愛情為主。而「獻給愛情的犯罪」顧名思義，正是在探討人們在對於各種形式的「愛」的某種極致的選擇。有趣的是，台灣犯罪作家前輩葉桑，在1993年曾出版《為愛犯罪的理由》的中篇合集，同樣寫出環繞著「愛」而生的犯罪敘事，不過相比葉桑以「成人之愛」為焦點，《獻給愛情的犯罪》在人物角色的年紀設定及其生命經驗、情境的描摹上，都顯得更加年輕，人物心態上也更加稚嫩一些。而且，不論從書名或小說內容來看，本書尤其著重在「獻」所暗示的「代價」，巧妙地賦予「犯罪」與「愛情」間是否存在「等價交易」的關係。

正因為愛情與犯罪，都是人類賦予其行為意義的特定情態，我們或許可以藉用人文地理學者在討論「人－地」關係時所採取的觀點，進一步探索本書人物角色在面臨「變動」時，為何以及如何選擇以「謀殺／死亡」的方式回應己身／世界。例如，克雷斯維爾（Tim Cresswell）在解析「在地性」（locality）的定義及其意涵時，特別以「逾越的罪刑」作為一種譬喻，他說：

> 人、事物和實踐，往往與特殊地方有強烈的聯繫，當這種聯繫遭到破壞，他們就會被視為犯了「逾越」的罪刑。（克雷斯維爾，2004／2006，頁47）

從這個概念來解讀本書中的四個短篇，可以清楚地看見故事背景俱以「校園」為場域，意即主要角色雖然身處不同的時間段落，卻都展現了與

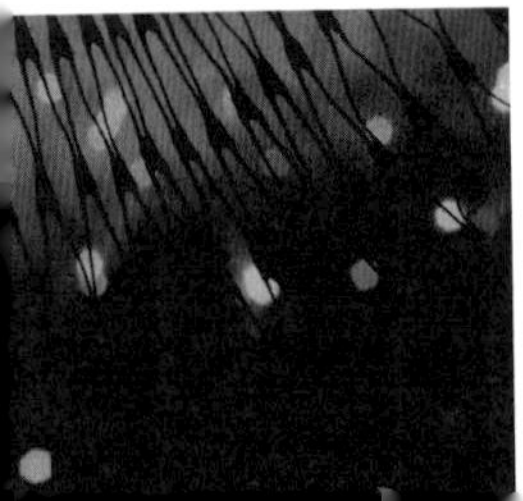

「學校空間」的高度相關。例如，〈考前計劃〉寫出能力分班體制下，資優班以「分數」決定能力的高壓環境；〈復仇計劃〉中除了呈現外地學生居住環境、往來交通的通勤議題，也保留了如直屬制度等專屬於校園場域的特殊人際網絡；〈鳶歌〉則將這種校園人際關係的複雜脈絡運作描繪得更加寫實，包括校友會、學宿宿友以及校園傳說；〈我的愛情與死亡〉則在不同的時序中，寫出了高等教育中的「輔導制度」，以及大學生活裡的「校隊」的不同風景，對應著不同成長階段或壓抑、或奔放的心理狀態。

也就是說，《獻給愛情的犯罪》雖然可以依此突出的特色，暫時將其歸類於「校園推理」的範疇，然而既晴在這些小說情節與敘事中所欲表現的，事實上仍然是一種「穩固關係」的「破壞」與「變化」，及其對人物角色帶來的巨大衝擊——這種衝擊可能是私密的、難以被理解的——進而實行「犯罪」（不論這些行為究竟是作為罪刑／救贖／正義的目的）。以

此，倘若讀者能夠更細緻地觀看本書中這些年輕的人物角色面對「犯罪」時所呈現出的「青澀」、「混亂」、「慌張」情緒的相應描寫，似乎也能進一步地理解「謀殺」在這個特定年紀或情境中的必要性。舉例而言，〈考前計劃〉寫江成彥在計劃實行「成功」時的心理轉折：

> 但是，他真的死了，雖然不知道是誰動的手。無論如何，江成彥終於可以高枕無憂，穩穩坐上第一名的寶座了。……想到這裡他不禁笑了。心情好久沒有這麼好囉！（〈考前計劃〉，頁51-52）

乍看之下，為了「重回」第一名而鋌而走險的犯罪自白，無論如何都顯得動機不足且難以付諸實現（遑論犯罪手法過於依賴運氣），但既晴事實上並非在「自圓其說」一種實然的可能；換言之，犯罪究竟是否能夠實現，或許不是真正的小說意旨與重點，反而是小說人物在他自己當下的生

命困境中，遭逢難以回復的變動時所採的「復原」手段（回到屬於他的第一名、榮譽及回饋）；要達成這樣的意義，江成彥的家庭環境、親子關係與師生互動的建構，就成為非常重要的線索，這也讓明明早就知曉他的殺人計劃的江母，還能夠如此冷靜的默許未成年的兒子行兇的敘述顯得既荒謬又合乎情理，小說寫道：

> 我會完成支持成彥，並且讓他相信，他這個時候最重要的任務，就是考出好成績來。
>
> 親愛的，你知道嗎？
>
> 只要他能考好，其他的部分，我都願意替他承擔。（〈考前計劃〉，頁66）

這段非兇手的「自白」所呈顯的深意，除了是江成彥為了藉由取得第一名而努力獲得母親的認同及對父親承諾的執著外，更是江母「獻給

『愛』」的一種犯罪，這種雜揉著扭曲的人性、寵溺變形的愛與偏激，事實上也是這些人們走投無路的選擇——堅信「殺人」能夠「復原」的期待。

回到克雷斯維爾的觀點，「逾越」本身具有一種特殊的語義，它必然具有某種跨越界線的意涵，在犯罪小說中通常表現出來的，是從「日常」跨越到「非常」的領域。從這個角度來說，小說中謀殺的發生，實際上的本質意涵是各種層面、不同向度的「失序」，它最主要表現在人與人之間的情感關係、肉體情慾暫時性或永久性的變動上。類似的是，布赫迪厄就認為對社會施為者而言，社會秩序是在社會再生產的過程中最被維持且保有的核心，他指出：

> 人類社會最基本的問題，就是要知道社會為什麼及如何維持下去，

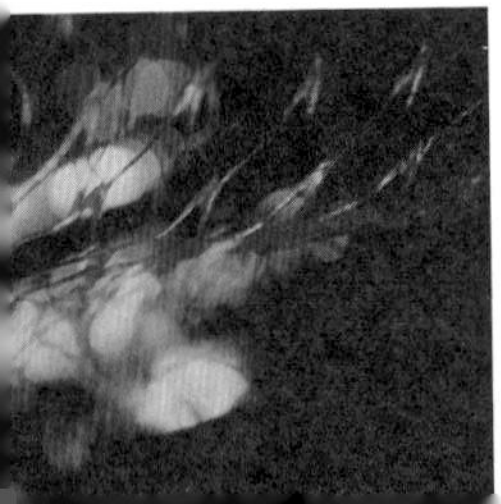

社會秩序——即構成秩序的整體等級關係——如何永存。（皮耶・布赫迪厄，2002／2012，頁90）

他的觀點說明了兩個重要的層面：（一）社會空間的建構處於不斷流動的狀態；（二）社會秩序是每一個社會中的施為者最為重視且最欲保有的核心價值。這種觀點反映了人的一生立基於不斷變動的過程，也就是說在地生活、經驗、知識、實踐、情感、記憶、認同等等可能隨時在變換其不同面貌；這些面貌呈顯在犯罪小說文本中，變動與失序便必須透過「謎樣的屍體」到「解開謎底的屍體」，才能回歸到日常的社會秩序中，也就是所有的謀殺發生在由日常轉為異常的社會場域，而從異常返回日常除了是社會的再生產的歷程之外，也成為推理小說的內在書寫趨力，成為類型文學的書寫得以回歸真實社會、真實世界的途徑，因為這些強烈的依存關

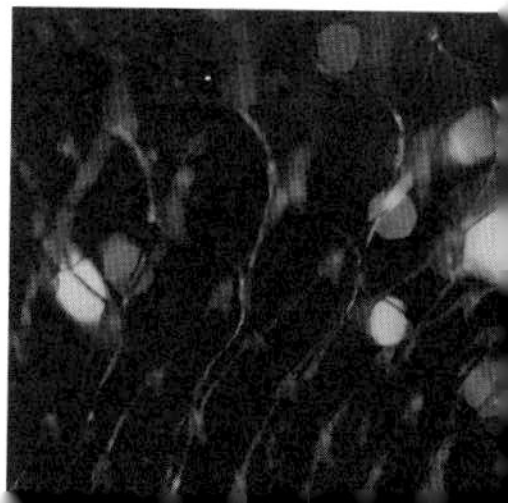

係或歸屬感，最終需由文本過渡到社會現實，作為某種警示、針貶或社會正義的顯揚。

也因此，在〈復仇計劃〉、〈鳶歌〉、〈我的愛情與死亡〉三個短篇中，在不同時間段落中連串死亡的屍體，事實上都藉由「死亡」表現一種生命謎底的揭曉——或者我們可以更大膽地說，《獻給愛情的犯罪》雖然也有傳統的「警偵」與推理情節，但就文本內部層次而言，更重要的反而是從「葉芳佳—江稚玲—吳雨淨—莊聞緒／邵新璧」這幾具「跨文本」死亡的屍體，所串接起一個沉鬱又豁然開朗的時代敘事。在本書的創作表現上，既晴一貫地透過情節的「反轉」，在驚詫中看見「你的困惑」或許是「他的解答」的關聯，如以下的「反序」的段落敘述：

我們的愛情是永遠不可能被社會認同的，但世界上所有偉大的愛情

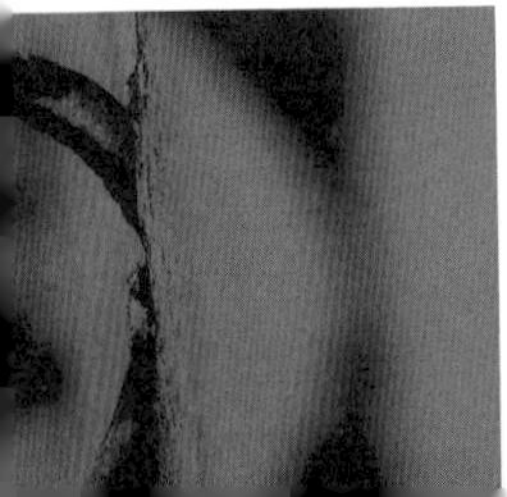

不都是這樣的嗎？……雖然我們極力想要隱藏這件事，但是學校那邊好像已經有點起疑了。（〈我的愛情與死亡〉，頁319）

所以我替她化妝——那也是她教我的。我讓她能夠以最美麗的容貌迎接管理員，然後再強迫自己把門鎖上。這樣，我才能完全消滅「再見到她」的可能性……把門鎖上，我才能夠斷然地離開。（〈鴦歌〉，頁228）

我們假裝迷戀上吳雨淨，裝得那麼徹底，就是為了不讓別人發現我們相愛，你懂嗎？我們之間的事是絕對不能讓別人知道的，你懂嗎？（〈鴦歌〉，頁231）

以結果而言，我最後讓殺死吳雨淨的兩個兇手，全都以生命付出代價，我也讓沒有盡到男友責任的柯仲習，俯首認罪。
而我，則完成了守護吳雨淨的誓言。……
是吳雨淨，讓我這麼一個卑微、渺小的男人，完成了這項完美的犯罪。（〈復仇計劃〉，頁140）

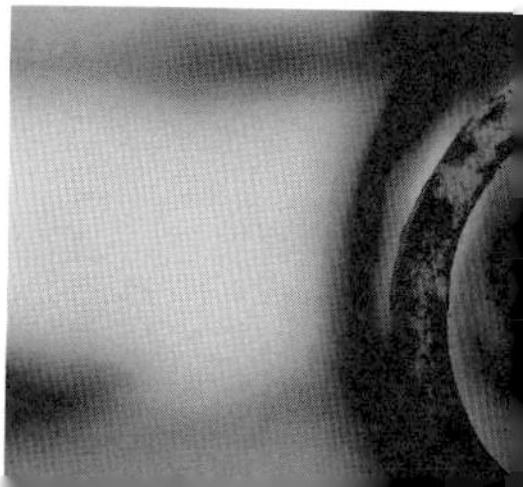

在文本層次上，我們容易以為這三個短篇是環繞著吳雨淨的故事，畢竟小說中對她的描述盡是「深深覺得容貌是上天給她最好的禮物，而她自己也極端地珍惜、呵護這件禮物，因而使其更具魔力」（頁164），然而更細緻地看，與吳雨淨相關的這一眾人物，全部都帶著他們自己的深沉困惑，而且這些困惑在小說中，最終都必須透過另一角色的死亡始能得以解謎與解脫。

例如，吳雨淨的男友柯仲習始終困惑莊聞緒、邵新璧在雨淨死後的冷漠與淡然態度，並以此堅信他們就是殺害雨淨的兇手；許裏治也在利用柯仲習濃烈的恨意與殺意的過程裡，看似一箭雙雕地完成了身於對雨淨無盡的暗戀中的「復仇」。然而，小說卻諷刺地道出莊聞緒和邵新璧以「愛」作為彼此偽裝的隱匿，給了不論是柯、許二人在志得意滿地認為實現正義的當下的當頭棒喝；無獨有偶的是，吳雨淨竟也用了相同的方式，以

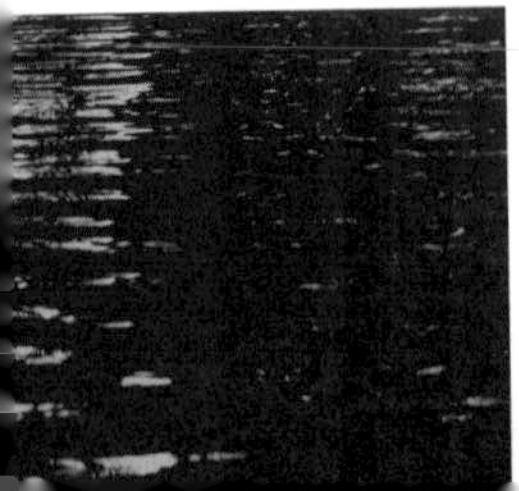

「愛」為名，一前一後控制著葉芳佳、江稚玲，為的是守護她所謂的「偉大的愛情」；最終卻又慘死於室友詹世潔對江稚玲的親生妹妹江稚瑜隱藏的「愛」所作出的偽證下。

又或許，這才是「獻給愛情的犯罪」最為真實的含意，這些人物每一段「愛」的關係，都包裹著「死亡」——而且是包含不論是自殺、謀殺、誤殺、錯殺等各種形式的殺機，都存在著「奉獻」後的巨大代價；吳雨淨對江稚玲、柯仲習的愛隱藏著對葉芳佳和江稚玲的紀念與救贖，詹世潔對江稚瑜的愛雖然讓江稚瑜完成了替姐姐復仇的心願，卻意外地讓柯仲習、許襄治對吳雨淨的愛，錯殺了他們信以為真的兇手，也就是以「愛」為謊言的莊聞緒和邵新璧。人物關係的錯綜糾結，或許也表現出愛恨情仇的複雜，更重要的是，作為讀者，仍然要更認真的看待每個人物所面臨的艱難，都是一個個時代、社會禁忌的悲劇隱喻。

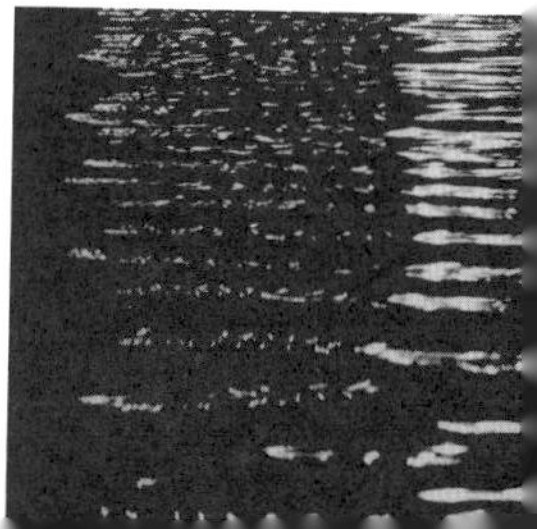

這一點事實上是《獻給愛情的犯罪》最為高明且縝密的構想，足見即使本書貌似以短篇合集的形製出版，實際上既晴在深沉的人物心理與動機上，卻做到了環環相扣、密不可分的關聯。

在本書的後記中，既晴提到他在《獻給愛情的犯罪》中嘗試了台灣比較少見的「倒敘推理」的創作路線，其特點在於敘事視角多以「兇手」為主角，他認為：

> 推理小說的閱讀樂趣經常根植於謎團的解答，但由於這部連作集的時空是回溯的，導致「後事」將會比「前緣」更早揭露。如何在「後事」已知的情況下，「前緣」仍能製造出結局的意外性，是這部作品最大膽的挑戰。（《獻給愛情的犯罪》，頁328）

不過讓筆者認為，在短篇的形製中，要如何順暢地轉換人物的視角，表現出他們的心理狀態、處境，還要適切地融入謀殺、推理的情節敘事，或許是另一大艱困的挑戰。

因此，本書透過章節的設計，適度地剪裁了每個主要角色或關係人物的視角，通過他們的日記、自述，表現出基於他們立場所認知、理解的樣貌；讀者遂能與獲得這些資訊的偵探一樣，在拼湊出的圖像中解謎、緝凶。不過如前所述，本書四個故事都安排了「反轉」。情節反轉的困難在於因為大部分的情節內容皆環繞著「錯誤認知」的鋪陳，並且需要儘可能地讓讀者與敘事中第一人稱視角的認知是一致的，如此一來結局的逆轉才能具有驚喜與震撼感，因此，不論是〈考前計劃〉中維妙維肖的犯罪現場與出現差錯時的驚懼、〈復仇計劃〉中對殺人過程與狀態的細節描寫、〈鶯歌〉中對「同·學會」的繪聲繪影、〈我的愛情與死亡〉中理性邏輯的反覆詰問，或許都是既晴設下的一種情有可原的誤導與陷阱；然而，回到本文開頭所論述的，讀完本書的讀者儘管已能得知真兇為誰，也能清楚犯罪的動機與意圖（不論主觀上是否認同），卻大多不會認為有一種「被欺騙」的憤怒，因為對應人物的成長歷程與四個故事中所設定的時代背景，總能夠真實地喚起讀者對他們的同情甚至認同。

許多評論常會以動機的「合理性」判斷推理敘事的成敗與否，倘若單就此觀點而言，本書人物角色的年紀與其能夠掌握的專業知識、手段，勢必會遭受嚴苛標準的考驗與質疑。但筆者認為，身為作者，既晴從創作伊始就不打算讓這些殺人現場能夠搬演於真實世界，他所強調的，是一種時代壓抑下的一種更為極端、極致的反動；例如，考試及升學制度對青年的戕害、宗教價值對於人的存在價值的強制性、家庭關係或社會支持系統的匱缺，當然最重要的，還是在文本被創作的當下，台灣社會與傳統文化觀念對於「禁忌之戀」的偏見與歧視。從這個角度來看，這些在小說文本中

被付諸實現的謀殺，或許提前地表達了2022年的此刻台灣對於在少子化趨勢下對親子議題、校園霸凌議題、性別議題的多元性與再認識，當然也包含在社會變遷過程裡那些血淋淋、不忍卒睹的慘痛案例。

在台灣推理小說評論的視域中，可以發現早期（大約是1998～2000年以前）的台灣推理小說，多以召喚「土生土長」的在地居民某些記憶與情感為任務，讀者得以通過小說的文字，比對自身成長的經驗與主觀感受，進行對社群、社會關係的認識與辨識，也因此，我們時常可以看見許多推理小說（尤其是短篇作品）為了反映社會現實，遂急切地導入批判的視角，使得推理敘事如楊照所言「被窄化為追究『誰』是兇手，頂多加上『如何』犯案的經過批露」（楊照，1995，頁146）；也就是說，這個類型的推理小說最終的目的是必須返回實際社會中進行好壞、善惡的評斷，因此忽略了如犯案動機、背景、人物心理、人性與道德種種的深入描述，

更甚者，正因作者意識到反映社會問題與批判才是小說最重要的核心，人物、情節或是犯案動機、背景亦常出現不合理之處。

既晴的《獻給愛情的犯罪》若從發展史的意義上來看，也適時地迴避或修正了這樣的問題，就文本層次來看，「真兇是誰？」「真相為何？」勢必是類型文學的核心焦點，然而一方面，本書採取倒敘推理的方式，本就淡化了「偵探」及其推理解謎在完整敘事中的必要性與必要性；另一方面，既晴緊緊把握住「獻給愛情」的核心意旨，呈現出「愛」與「死亡」的模糊界線，也賦予了這些人際關係貼近生活現實的價值判斷與意義；更直白地說，讀者對於本書兇手最終的認知，都不是「快意恩仇」式的審判正義，而是在環環相扣中的困惑與解惑中，感嘆身在其中、無可自拔的際遇——更後設地說，要知道書中的江成彥、柯仲習和許襄治，或許窮其一生都無法獲得最終的真相；僥倖逃過法網的詹世潔、江稚瑜，或許也無從

得知、理解「恨」可能走得比「愛」更長久的危險，他們可能從此都未能夠有機會懊悔或得到救贖。

當然，這樣的議題，早已超出偵探呂益強的專業範疇，甚至也不是創造這些故事的既晴能夠回應或解析的，對小說作者而言，或許能夠在往後的作品中，持續延展這些關於愛的形狀、樣態，但對讀者來說，文學的存在與必要存在，價值肯定在於那種對於內心的一種震動或共鳴——因為，與愛情相關的犯罪及其悲劇不會停止上演，但能夠停止輪迴的，可能只有身在其中的自己。

賴特——編輯，台灣犯罪作家聯會成員，喜歡閱讀台灣大眾小說，特別是犯罪推理的類型，關注小說文本中地方意識的呈現，對時間、空間的對比式閱讀情有獨鍾。曾出版若干專題研究論文。

參考文獻

皮耶・布赫迪厄（Bonnewitz, P.）（2012）。《布赫迪厄社會學的第一課》（孫智綺，譯）。麥田。（原著出版年：2002）

克雷斯維爾（Cresswell, T.）（2006）。《地方：記憶、想像與認同》（王志弘、徐苔玲，譯）。群學。（原著出版年：2004）

楊照（1995）。〈「缺乏明確動機……」——評台灣本土推理小說〉。載於楊照，《文學的原象》（頁142-147）。聯合文學。

你是剛從一場夢境中逃脫，還是正做著一場以為自己醒來的夢？

——當《感應》中的幻想滲透進日常之時

黑燕尾

2020年，《城境之雨》的付梓出版，不僅是既晴睽違十年的新作登場，也和他在2010年推出的《感應》有了巧妙的映襯。《感應》可視為是張鈞見世界觀初登場的作品，來到那個我們都很熟悉、沒有多少人能完整背誦出全名的「廖氏徵信諮詢協商服務顧問中心」後，張鈞見正式踏上了他人生的全新旅程。這部現階段仍為系列時間軸初始、出版序在當年為最新的作品，透過同樣承繼先前作品奇想因子的四個短篇，以更為沉穩的

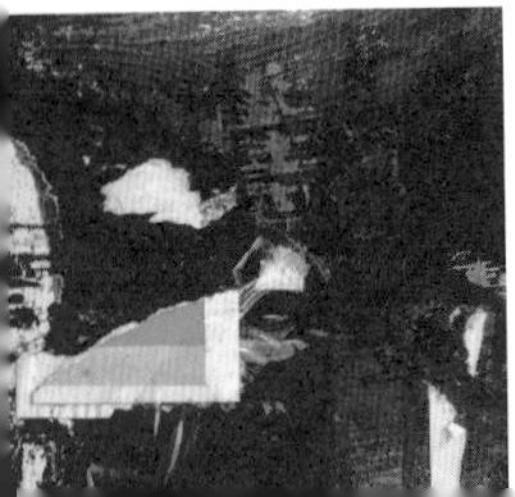

方式詮釋張鈞見的第一個舞台。在那之後，張鈞見暫時離開了我們，而這一別就是十年。近年終於和《城境之雨》一同歸來的張鈞見，也再次邁向了全新的道路。

日本寶塚歌劇團有句名言「男役十年」，意謂著在完全由女性構成的劇團演出者中，演繹男性角色的成員至少要經過十年的歷練，才有機會成為足以獨當一面的男役。在這段不算短的期間內，她們會在眾多的訓練、演出家的教誨、上級生的指導、持續規劃自己的理想道路等層面，形塑出自己在舞台以及眾人記憶中烙印的人物風貌。過程中，秉持信念、釐清優劣勢、精進多方技藝、尋求路線開拓，都是對人格、技術和形象養成很重要的關鍵。將這樣的價值思維轉換到寫作領域，我們亦可在既晴的創作特質以及這些年間對於犯罪議題與寫作的研究探索中發現這樣的表徵，而《城境之雨》無疑就是一個進化的見證。對於作者、讀者、甚至是張鈞見

而言，我們都在這十年間歷經了無數風雨和轉變。當我們再次回顧自己和張鈞見的過往人生，以及這些年來社會動態的演進後，無論是情緒還是心境，似乎就能萌生出一種難以言喻的共感。

再次歸來的既晴與張鈞見所帶給我們的，是在熟悉的感受中體認到截然不同的嶄新風貌。雖然《城境之雨》已不見過往作品中那些奇詭的現象或體驗，但觸及人性刻劃和地域描繪的層面也更為深厚，歷經多年淬鍊而成的韻味，將偵探角色與讀者們一同帶往了更具層次感的世界。

短篇創作的考驗，在於必須讓各種選取要素在有限的範圍內彼此競逐並取得良好的平衡，同時還得維持適宜的步調，這也意謂著當作者越是增加選擇，處理作品整體性的難度也會隨之提高。因此《感應》與《城境之雨》兩本短篇集的出現，可說是既晴在累積多年經驗，學習、考察各方知識並秉持創作原則後，於創作生涯的兩大階段所展現的成果。在兩本書所

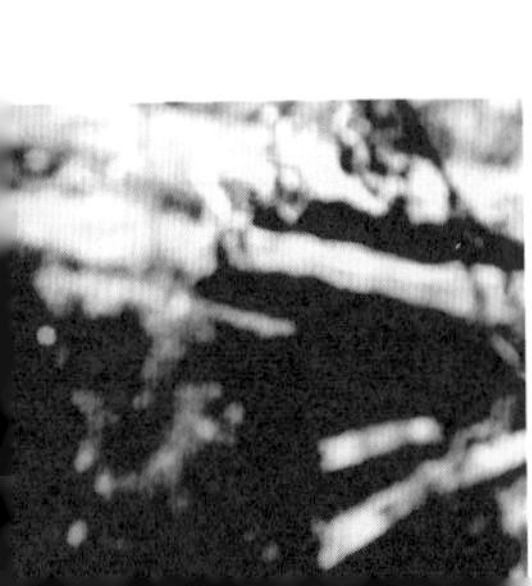

收錄的作品中，都能看到類似元素的整合與技巧演示，但最後都各自催化出特有的氛圍。

回顧既晴的創作軌跡，儘管我們可以在幾部知名作品中看到巧妙驅使恐怖與幻想元素所帶來的效果，但若能更深入地去探討，就無法忽視蘊藏在作品主軸中的原則，其一是「在合理的現實範疇內尋求驚奇」、其二則是「於社會的日常中置入激發好奇的異常」。而這些原則正好在《感應》中形成了有趣的結構平衡，並且在十年後的《城境之雨》以不同的角度和形式去演繹。

如同前述，《感應》在現階段的系列世界觀內是張鈞見初出茅蘆的作品。甫加入公司的他，接受了四起奇特案件的洗禮，正式開啟了探案生涯。首先，鑒於過往的系列閱讀經驗，我們已經能預先認知到本書不會是屬於特殊設定類型的作品，意即不會讓非常理現象和力量成為主導案件的

關鍵核心。因此，無論是多麼不可思議的體驗，最終都是要回歸到當事人來自於現實面的因果關係，然而即便一開始就已經理解這一點，卻依然會對作者的詮釋手法抱有期待，這便是既晴作品的魅力之一。

以下將以筆者拙見結合前述兩項原則，來整理《感應》收錄四作的特徵與閱讀樂趣。

一、潛藏在都市空間狹縫中的幻想

本書所收錄的四篇作品〈夢的解析〉、〈打動她的心〉、〈臉孔辨識失能症〉、〈未來的被害者〉，都選取了某項特殊要素作為帶動劇情的動力源，分別是「沒有終結的懸案夢境」、「惡魔召喚儀式」、「毀去面部的遺體」、「分身」。除了第三篇的病症之外，其餘幾篇的主題都承襲了

過往具備幻想性的異色元素。

但是相較於先前的作品，本書在保留前述元素的呈現效果之外，也將著眼點更往人與社會的關係那一方靠攏，而這樣的模式也在十年後的《城境之雨》中成為核心思維，並且有了更具深度的著墨。有趣的是，儘管我們很清楚事件的真相並不會歸咎於超自然力量的作用，但仍然會被故事中相關橋段的前置鋪陳給吸引，這都要歸功於既晴置入知識的技巧與他擅用的敘事手法。

類似的恐懼與奇異性在既晴的作品中，除了表面上能產生的情境效益之外，更重要的就是它們能成為引導讀者進入情境的有效手法之一。談到推理懸疑作品，所謂的「錯誤嘗試」亦是相當重要的一環。偵探角色憑藉現階段握有的訊息和線索，展開調查行動，或是推敲出當下最符合現況的推論，並且經過多次驗證、失敗，逐步接近事件的核心與真相。在這樣的

環節中，作者能夠透過巧妙的鋪陳和線索埋設，為情節營造出衝突、死胡同、意外性、逆轉等效果。除此之外，也能因此「豐富」故事的層次與設定，讓《感應》選用的這類要素不會只淪為暫時吸引目光、一閃而逝的單發煙火，而是作為能讓讀者更容易進入故事情境的主題性煙火秀的一環，藉此烘托出希望呈現的議題。此外，本書的四篇作品開頭還分別加上了「海市蜃樓」、「集體歇斯底里」、「盲點」、「偽記憶症候群」等帶有提示性的關鍵字，讓讀者在接受客觀提示輔助的前提下，經由作者置入的相關知識以及偵探角色不斷地「嘗試」，在維持理性推論的同時亦能充分享受不可思議要素所帶來的魅力，最後藉由邏輯引導，回歸到現實的運作法則。

二、在合理的現實範疇內尋求驚奇

《感應》收錄的四起案件，大致上都是依循著近似的敘事結構推演：委託上門⇩奇特的委託⇩特殊元素的解析⇩嘗試與錯誤⇩解明案中案⇩事件解決。既晴作品中常見的「恐怖」，在本書中轉化為「奇詭」，也因而更加契合近代都市生活場域的懸疑樣貌。而廖叔的那句「人心的謎團」也等同於直接為每起案件進行了破題。懸疑事件的發生，對四位委託人都帶來了偌大的困擾，且其中的根源，幾乎都牽連至現代社會中由人性或精神面所衍生出的問題，以及潛藏在其幕後或過往的失落環節。

作為本書的起頭，也是張鈞見在「廖氏」的第一案，〈夢的解析〉無論是就這層意義或是作品架構來看，都是既晴創作中相當特別的存在。在張鈞見還在聆聽廖叔講解這行的原則時，委託人陳圭仁帶上門的奇特際遇，就這樣成了他的面試課題，而這項委託竟然是要解決一起發生在「夢境」中的殺人案。在陳圭仁的夢中，他同時身為目擊者和嫌疑人，必須提

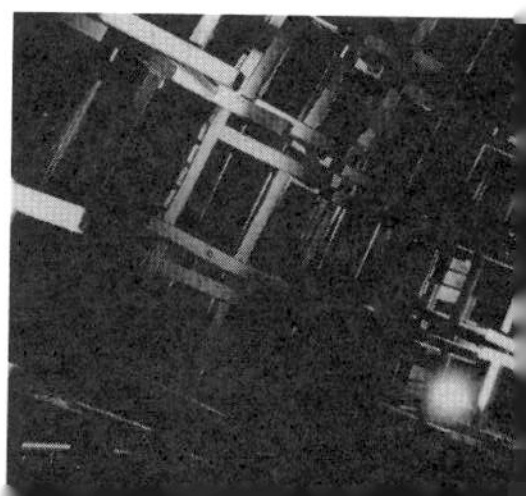

出有力的論點解決這起夢境世界的案件，否則就會被禁錮於在夢裡被處刑的恐懼，日復一日地重複這場夢境，長期為睡眠障礙所苦。

在夢境世界裡，陳圭仁得在奇特的環境與居民等條件限制下找出真兇。這樣的設定不僅是以世界觀為主體、「重設」了我們一直以來用以理解事情、推導真相的常理邏輯，也讓夢境世界這個素材的選用成效更加飽滿且具體。在日本作家青柳碧人的《從前從前，某個地方有具屍體……》、《小紅帽在旅途中遇見屍體》（暫譯）和「玩具都市系列」等作品也能看到充滿趣味性的類似運用。比較不同的是，相對於前述這幾本日系作品是以寓言故事和架空的玩具世界為主舞台，本篇在最後形塑出那些夢境世界住民的成因，依然回歸到現實面，並且和理性論述有了妥善的整合。

第二案〈打動她的心〉的謎團主體，則是由「惡魔召喚儀式」與「不

存在的人」所構成。股市分析師孟師翔在落魄時巧遇來路不明的中年人葉中達，在葉中達的神祕魔法協助下，他不僅東山再起，還透過魔法擄獲了心儀的女性許緻雅。然而也因為魔法的過度催化，性格驟變的許緻雅儼然成為孟師翔的苦惱來源，因此千方百計地想找到那個毫無蹤跡可循、宛如根本不存在於這世上的葉中達，希望能請他解除魔法。

相較於能預測財富、迷惑人心的魔法，在台北這個大城市中不顧一切地獨自承受魔法帶來的副作用，也要帶著孟師翔一同進行儀式、最後宛如從未存在的葉中達，其實會是更吸引閱讀者好奇的存在。隨著張鈞見等人的抽絲剝繭，最後才得知判斷方向的失準。無論是葉中達還是他施展的魔法都真的存在，只不過是以「另一種形式」顯現而已。

當故事來到了第三案〈臉孔辨識失能症〉，則是抽掉了幻想或不可思議的要素，以有別於其他三案的病症為主軸。因為死去的委託人林

雅琪口中塞著自己的名片，張鈞見因此被警方列入了嫌疑人之一，這也是他和刑警呂益強初次邂逅的作品。死者的丈夫作曲家趙瑞璿，因為一場意外罹患了作品標題這種無法正常分辨人物面孔的疾病，導致他無法辨認兇手的樣貌。而死者委託「廖氏」的工作，竟是調查丈夫即將合作的旅美導演陳佳民。

作品標題的病症無疑是本篇的重點所在，無法在案情方面給予幫助的患病丈夫，乍看之下會是標題因此定名的癥結點，因此即便這種病症的運用不像其他幾種詭計那麼廣泛活躍，但喜愛閱讀推理或懸疑作品的讀者應該都不陌生。然而，既晴卻把該要素在這篇作品做了另一種運用，讓故事的開展有了新的趣味。

第四案〈未來的被害者〉則是再次回歸神祕的調性。委託人徐桂綺認為最近接連發生在自己周邊的各種意外，都是男友公司裡據傳有巫卜能

力的同事葉淑曼所為。她認為葉淑曼覬覦自己的男友，才因此處處針對自己，施咒迫害。然而在張鈞見進行調查後，卻發現自己所理解的徐桂綺，似乎與身邊的人所知曉的徐桂綺有所差異。

當事人宣稱的遭遇，和訪查周遭人士後得到的說法出現矛盾，簡直就像是兩個不同的人，甚至還有人目睹她在相近的時間出現在不同的場所。在類似選題的作品裡，經常會用多重人格等方式來操作劇情和詭計的運作，然而所謂的分身概念，在本篇中同樣是安排了多層次的解釋。

綜觀整體，我們可以了解到既晴對於「夢」、「魔法」、「臉盲」、「分身」都進行了不同程度的轉化運用與詮釋。就閱讀感受來說，相較於四種要素自身既有的意義和效果，各篇作品其實更著重在催生它們、以及它們所衍生出的雙向甚至多向關係。這也呼應了大眾對本書的普遍評價，儘管淡化過去搶眼的構成因子，但是以更為成熟的筆法與構成，

書寫出隱藏在悖離常軌的情況中那些豐沛的情感。

回顧既晴的活動歷程，無論是從他的小說、解說、評論或講座分享，都能發現他對於素材和資料的使用都有一套配合自身寫作型態打造的模式。勤於查閱、廣泛地研究海內外各種類型的資料或紀錄，是他精進自身創作與發想敏銳度的利器。

從創作者角度來看，這樣的做法先是增進了既晴對新領域和多領域復合性的認知，讓他在處理自己的作品或解析其他作家的作品時，都能以比較多元且更具靈活性的角度去切入。以本書的〈臉孔辨識失能症〉為例，在內容提及的事例研究中，既晴就將喜愛日本文化的台灣讀者也很熟悉的妖怪野篦坊傳說和這類病症連結，如此充滿趣味性的小巧思，讓人聯想到日本漫畫家星野之宣的作品「宗像教授系列」裡諸多對歷史文化的有趣發想。另外一個重點，就是既晴不光是能將前述的內容用於點綴，還能以此為基礎，轉化成其他的樣貌來和人物與故事脈絡連結。在前面的部分也曾提過，既晴亦將此病症加以延伸，在社會學的範疇中賦予「臉盲」這個狀況一個相當有意思的詮釋，並且讓它成為推進故事的一個轉折點。而類似這樣的建構法，也在其他的故事中以不同的程度和形式有所呈現。

從閱讀者角度來看，這種運用手法能夠在作者因應各類考量而降低奇詭或超自然等強勢因子的情況下，將讀者的興致引導至新的方向，藉此獲得不一樣的閱讀體驗，並有效傳達作者的表述。與此同時，也能避免知識的置入表現過於艱澀，影響讀者繼續閱讀的興致。畢竟要推動故事進展的不光是作者、作中人物，還有閱讀者的好奇心。

經由這些層面，我們可以體認到《感應》在配重上更加重視人物心理角度的描寫和主角方的側寫，以藉此爬梳出潛伏於都市巷弄角落的異常。就如同廖叔所說的「再怎麼樣離奇的案件，都有可能是源自於現實的扭

曲」，因此張鈞見等人所要做的，就是要從不可思議的際遇特質之中，探索、發掘出將現實世界常軌導向混亂現況的根源。

與此同時，其實也象徵了奇詭與失序並未跨越了現實的界線，而是在合理的範疇內激化出眾人各自面臨、從過往人生的失衡際遇中孕育而生的異常狀態。

三、於社會的日常中置入激發好奇的異常

當我們透過文字傳播、小說、影劇等各種媒介，以「娛樂」的方式來體驗恐怖或奇詭的事物時，雖然大多數創作都是讓現實與虛構以奇特的形式交織融合的，但人們幾乎都能在終止該娛樂行為後，適度地切換自身的情緒開關。之所以能夠做到這點，某種程度上可認為原因在於恐怖或奇詭和我們之間是存在一段距離的。例如荒山野嶺、廢棄的屋子、被

詛咒的物品、詭異的宗教等，只要我們沒有真的接觸、沒有破壞其中會導致失衡的法則，留在記憶中的印象就會比較緊密地和該娛樂綑綁在一起。

然而，若是這種不可思議的異常銜接到日常生活，而且是現實中我們都會體驗的日常，該異常印象便可能經由這樣的連結，蔓延到我們所處的環境裡頭。〈夢的解析〉之中那毫無止盡的夢魘、〈打動她的心〉之中為現實利益帶來得失損益的力量、〈臉孔辨識失能症〉之中因為病症所帶來的案情受阻、〈未來的被害者〉之中接連不斷的災禍，都是在當事人沒有直接打破任何禁令的情況下招惹上身，而追本溯源後的結果，便能發現這些異常主要都來自於人類情感的各種波動，也就是現代社會因為日漸複雜的人際關係與價值觀變動所導致的失衡狀態。儘管這些事情都存在於既晴的創作裡，然而它們和我們身處世界的距離，也因為情感關係或生活壓力的複雜化，變得更加接近了。因為催生那些事物的諸多要素，無論是衝

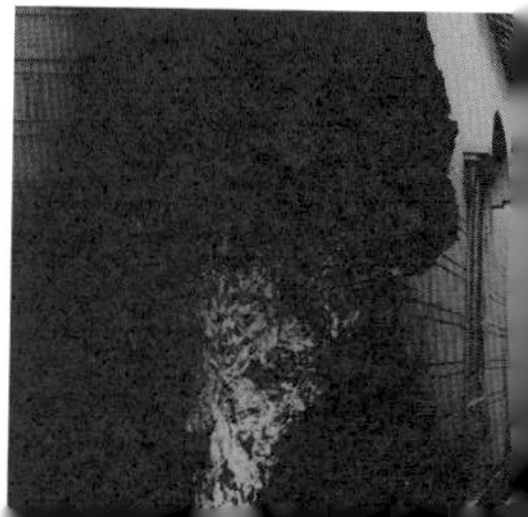

擊、執念、愛情、畏懼、壓迫等等，都是我們終其一生無法逃離的情感因子。或許在我們的周遭，就有這樣的異常正在某處萌芽也說不定。

在這之中相當值得一提的事例，便是先前曾稍稍提到的〈未來的被害者〉一案的真相。既晴為徐桂綺的遭遇，安排了帶有層次的解釋，當最後的謎團揭曉時，即便當下會對如此異於常人的行為感到訝異、震驚、甚至疑惑，但是在仔細衡量現今社會運作的價值觀與態勢對人們所帶來的影響後，相信就能深切地體認到，這或許不會演變成大範圍的現象，然而只要有人因為類似的狀況導致失衡，這樣的事情在現實中其實並非不可能發生，而你我或許只是當下尚未承受那種壓力，或者只是目前還能承受，才沒有踏入失衡的那一方罷了。最後緊接而來的，便是深沉的感嘆。

回歸到閱讀者的立場來看，作者採行的手法就像是雙向兼容的載

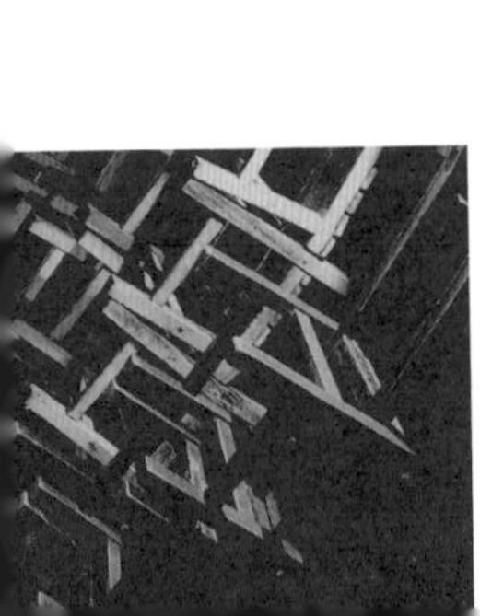

具，藉由具備吸引力和情節張力的元素有效率地吸納好奇心，再接著導入故事情節，因而能夠用帶有娛樂感的形式，妥善表達作者想傳達的事物。同時也因為其根源正是來自於合理現實中的社會層面，也一併強化了對相關當事人或其際遇的共感性，讓這些「可能」在現代社會體制下發生的事情，因而深深地烙印在我們的腦海之中。

和既晴過去的作品相互比較，雖然《感應》在體裁和效果上都相對減弱了直擊閱讀者內心的力道，不過在短篇的諸多條件限制下，仍然激化出四篇敘事結構相近、但閱讀後的娛樂感和感觸都各有層次的作品，同時還能在其中意識到變革的步調。在調整恐怖、奇詭與推理懸疑的比例這個前提下，讓人物、事件、地景更加契合我們所處的空間環境，也讓它們彼此之間建構起更深入、緊密的關聯性，藉此讓人感受到雖為文字創作，但仍是發源於這片土地、由時間洪流與人生際遇所堆砌起的真實紀錄。

十年之後，我們見證了張鈞見依循既晴當年的嘗試，在《城境之雨》中昇華了前述的變革。或者，我們也可以認為是張鈞見在經歷過歲月與事件的洗禮後，才帶著既晴走到這個階段的。

踏上了新的旅程之後，相信就會發現眼前仍有許多值得探索的新境界需要開拓，我想下次張鈞見再度與我們相會時，或許就不必等到十年那麼久了。

黑燕尾—出版社編輯、特約譯者。經手生活風格、旅行、歷史文化、影視、類型小說等出版品。喜歡港都、旅行相關的人事物、三明治、燕尾服、寶塚歌劇團、橫濱DeNA海灣之星。覺得自己前世一定是與港口和海風當鄰居的住民，夢想是住在能每天徒步前往港區的地方。

你是剛從一場夢境中逃脫，還是正做著一場以為自己醒來的夢？

在城市中按圖索驥

——《城境之雨》的角色、地景與人性

陳木青

在經典的《名偵探柯南》中，最能琅琅上口的台詞是「真相只有一個」，認為無論如何，事件真相最後總會水落石出，所有的公平正義都將回來，當事者也能得到撫慰或懲罰；然而，隨著年紀的增長，看見越來越多社會角落的不同面貌，才發現真相雖已塵埃落定，但那種單純的快樂、愉悅感受卻已然不再，取而代之的是對真相形成過程的好奇，以及對於人性更多面向的理解（但並不等於原諒或寬恕）。

睽違十年，既晴於2020年推出新作《城境之雨》，以偵探張鈞見為主

角，呈現發生在台北這座城市中不同人物、事件的謎團，並以其敏銳的觀察及推理能力，帶領讀者一步步的逼近、走向真相。不過，就像這本書的封面所言：「這場大雨洗淨一切，也將所有的秘密盡皆抹去。然而風吹不乾的是眼淚，滴落城境，化入人間……」張鈞見有如滂沱大雨一般，那些隱藏在縫隙裡的秘密、真相最後將被沖刷而出；但已然發生的，即使拼湊得再完整，終究無法復返，這或許也是作者所欲表達的意涵。因此在〈沉默之槍〉、〈疫魔之火〉、〈泡沫之梯〉及〈蠶繭之家〉等四個短篇所構成的小說中，偵探雖努力地抽絲剝繭解決問題，但最後作者並無給予一個固定、封閉式的結局，而是開放、沒有定論，甚至朝著與原先反方向的結果前進，引發更多的遐想、揣測空間。

既晴曾在訪談中，提到他希望張鈞見這個角色，能跳脫一般人對於偵探的刻板印象（如：古怪脾氣、不近人情），並且也能與警察的特質有所區分，展現出較為立體的形象。另外，既然這部小說名為《城境之雨》，便代表城市是小說人物登場的主要空間，而且在作品中，張鈞見為了追查案情穿梭大台北，其所行經的路線、地區便也可能含有某些意義，並藉由案件呈現出來。最後，就小說結局而論，其開放性的答案總能給予讀者有更多面向的思索，例如善惡、家庭等議題，扣合著現代人可能會面臨到的問題與境況。以下，便就這三個部分，探討《城境之雨》中的偵探形象、空間意蘊以及人性辯證，希望能提供讀者對這部小說有更多不同角度的理解。

偵探形象的建構

張鈞見這個偵探的形象，可從〈沉默之槍〉中的敘述觀察：

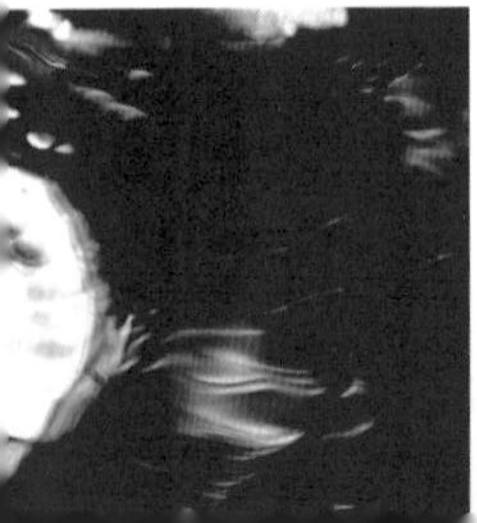

> 偵探絕不能透露對案子的個人好惡，敏感的客戶容易受他人左右，進而影響到他們描述案情的用字遣詞，最後恐將導致辦案方向的誤判，得不償失。（頁9）

由此論可以清楚看到張鈞見認為偵探，必須秉持客觀精神，不能透露個人好惡，否則便會影響客戶對案件的陳述。也就是「旁觀者清」，要能夠抽離當事人的情緒氛圍，才能更為客觀地看待每一個案件和線索。而且，他也需要不被外在干擾，如〈蠶繭之家〉中，委託者顏心依雖然是國中生，卻已懂得成人世界的人際運作模式，而想要藉由身體誘惑讓張鈞見接案；但張鈞見也憑其理智、冷靜而不被影響。雖然呈現出偵探常見的特質，不過藉由作者的描述，我們可以發現張鈞見這個「人」並非平板、扁型，例如：

> 我以為，我真的是一個旁觀者。我在調查委託案的過程中，愈陷愈深，以為自己追求的是事實、是真理。我產生了一種錯覺，以為可以勝過警察、勝過財閥。但走到最後，我才知道，原來自己也不屬於正義的一方。我只是個拿錢幫客戶辦事的偵探，自顧自地遊走在法律的灰色地帶。（頁226）

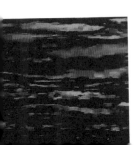

前述是〈泡沫之梯〉中，張鈞見面對有權勢的商人、議員而無法解決難題時，流露出的無力感與無奈。原以為自己只是拿錢辦事的旁觀者，卻正因追查線索所抱持的熱情，及欲讓真相浮現的毅力，讓他擺脫冰冷的刻板形象；然而，原以為最終的正義能憑藉己力獲得，最後才發現自己並不能代表正義，反而像是拿多少錢辦多少事的商人，甚至還遊走在法律邊緣，使得這個「偵探」職業的定位愈趨模糊。這種「靠關係」的情況，在台灣社會當中頗為常見，許多明明已經追查到手的真相，卻因為人事、權力關係層層纏繞而再一次放開，這樣的敘述便擺脫一般故事的套路，讓情節更接近於現實生活，或許某種程度上，亦可以將這本小說稱為「社會小說」。

另外，偵探與警察雖然都是以追求真理、事實為己任，但實際上兩者仍存在差異，如：

> 警察與偵探不同的地方在於，警察依據偵查手冊上的流程，偵探依據直覺；警察可以動員廣域搜索，偵探通常單槍匹馬；警察不會無止盡地投入人力、時間調查希望渺茫的案子，偵探則自己決定——有人為錢，有人為興趣，有人為晚上好睡。（頁158）

此處把兩個職業做一個粗略且非絕對的概分，即警察大致上都是按照手冊上SOP的流程，追求完全的合法性，避免觸犯法律底線。而且，也因為警察具有許多資源（如：人力、公權力），因此可以動員進行大範圍的

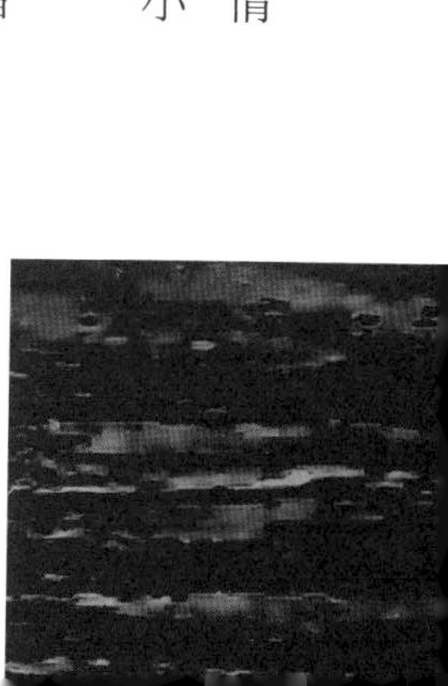

搜查，但畢竟他們仍有其它工作要務在身，所以也無法全心全意地投入追查工作。偵探則不然，他們可以採用一些「不入流」的方法，如偷拍、竊聽、釣魚、設陷阱等，作為追查、破案的手段；甚至，也不只是單槍匹馬作業，更可能養一些「眼線」，如酒店泊車小弟、警衛、汽旅櫃台人員、檳榔西施、計程車司機、超商店員等，這些市井小民所組成的情資網絡，常常提供重要的破案線索。而他們正好都是台灣社會中最了解當地脈絡、文化的「巷仔內」，於是如何運用、彼此互利共生，也成為值得深入觀察的面向。

城市地景的摹描

台北是《城境之雨》案件發生的具體空間，也是偵探追查線索的主要

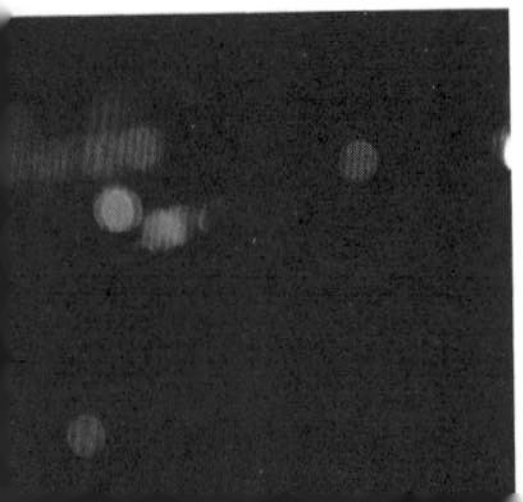

範圍。然而，如何呈現這座城市中潛藏的犯罪問題及故事？也是作者想要凸顯的重點。畢竟不論是對犯人或偵探而言，要犯罪、查案，終究要對當地有深入的了解，才能進一步犯案、破案。〈疫魔之火〉以饒河街為主要場景，開展出看似只是單純電線走火引致的火災命案背後的複雜關係。饒河街在清代乾隆年間，因基隆河尚未淤積，成為台北與基隆、宜蘭往來的轉運站，甚至有「小蘇州」之稱，時代演變至今則成為享譽國際的知名夜市。然而，因新冠肺炎疫情之故，原本的夜市榮景也深受影響，使得當地的商業面貌、權力爭奪起了變化，如下列情節所述：

> 一月起，疫情開始在台灣延燒，饒河街的人潮大幅減少，許多店家資金周轉不靈，整個商業區陷入困境。當然，你們非常清楚，天海盟、四合會早就覬覦這裡很久了，很快就會進來爭奪房屋、土地產權。（頁142）

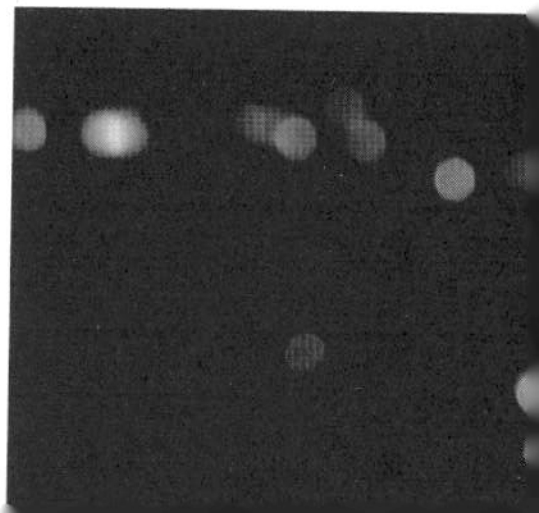

因為疫情使得觀光人潮大幅減少，許多商家陷入困境，資金無法周轉；更甚者，許多當地的黑道角頭開始垂涎這塊消費、土地大餅，想據為己有。小說中提及委託人朱宜映他們位在饒河街的店家有被黑道收購的危機，展現權力在此處的交鋒，以及複雜的人際網絡與結構。另外，這篇小說也透過處理此火災案件的消防員林博哲之親身經歷，點出饒河街夜市所面對的隱憂：

> 我開始當消防員以後，調閱過饒河街過去的失火紀錄，經常與夜市不良的用電習慣有關。我也很清楚，夜市觀光、經濟發展的路線，都是不可能改變的。既然夜市不會消失，那麼，至少應該盡速推動都市更新，改善整個區域的房舍、電力配置。（頁135）

林博哲自小在饒河街長大，並住在違章建築中；後來因為發生大火，全家葬身火窟，只徒留他一個人倖存，這也成為他想要當消防員的動機。

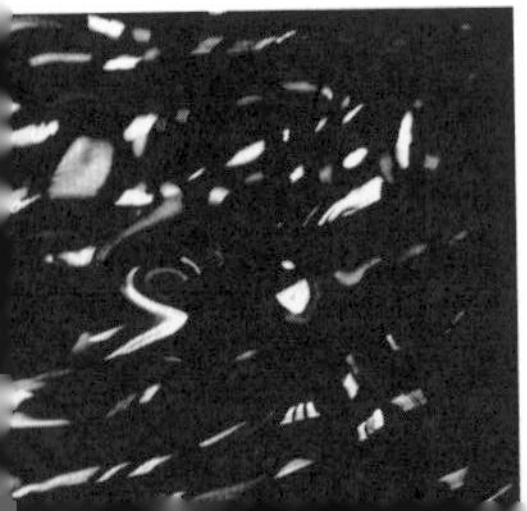

他提到饒河街常常失火之因，大多是由線路老舊或堆砌雜物引起，於是急需都市更新，讓當地住戶、商家及顧客都能受到更安全的保障。然而，雖然這是講饒河街的故事，卻也可以擴大到全台灣的夜市問題；正因為夜市是台灣的特有文化，於是更要好好經營、關注，並凸顯都市更新、夜市翻新的重要性。

在〈蠶繭之家〉中，作者更是以台北市的不同區域做對比，呈現商業發展的變化與轉移，例如下列對於龍山寺的描述：

> 龍山寺，台北市的舊城區。香火鼎盛的寺廟本身，是外國觀光客經常造訪的勝地。周邊的艋舺公園結合地下商街，原應能吸引龐大人潮，但盛大落成後，進駐營業的店家一直相當有限，反而成了遊民、流鶯、賭客的群集處，在這古色古香的廟宇的庇佑下，形成了一個特殊聚落，稱得上是這座城市最生猛、最野性的一隅。（頁253）

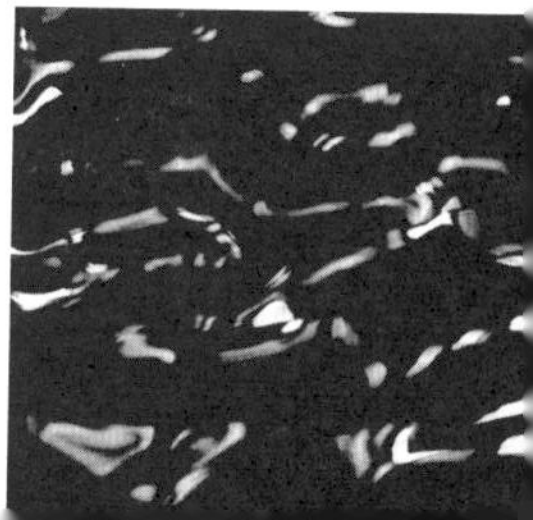

龍山寺位於台北萬華，以往周圍為商業繁榮的地區，形成「一府二鹿三艋舺」的說法，與台南、鹿港合稱為台灣三大政經區域，展現台灣商業發展的歷史變遷軌跡。位於該區域的龍山寺，因香火鼎盛，於是吸引眾多信徒及觀光人潮；但寺廟周邊常有遊民、流鶯與賭客聚集，此乃與歷史發展有關。在清代時期，艋舺因商業貿易的發達，娛樂行業連帶興盛起來；另外，遊民雖然居無定所，但也會以台北火車站或是龍山寺等知名景點為據點，成為他們聚集的地方。然而，這些娼妓、賭客及遊民，大多被排除在現代城市的文明之外，成為社會的邊緣人；但這些人並非一無是處，甚至對在地文化、歷史有相當深入的了解，所以作者或許也才會將其稱為「最生猛」、「最野性」的一群。不過，現實上台北市的商業發展，也有了新的變化與轉移，可見時間會改變許多事情，而這也是作者想要告知我們的：

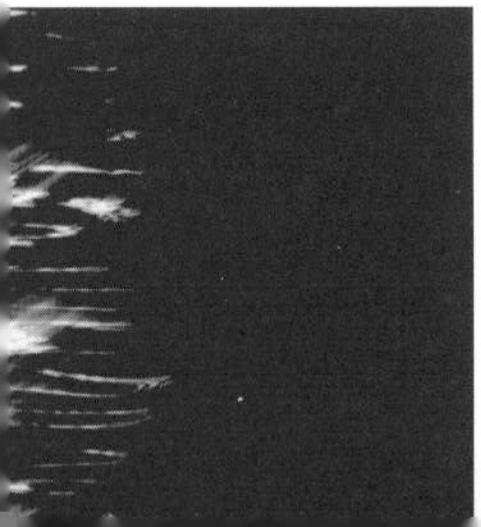

> 曾擁有世界第一高樓台北一〇一的信義區，是台北市的新城區，與龍山寺所屬的舊城區，有著極大的反差，楊金澤、顏仁璽兩人在這兩個城區往返，不知作何感想？兩城區的璀璨、繁華，相差了兩百餘年，但此刻在雨中，兩者的落寞感並無太大不同。也許某天，這裡也會變成遊民、流鶯、賭客聚集處；也許已經是了，只是我們現在不這麼解釋。（頁277）

楊金澤、顏仁璽兩人都是曾經叱吒商場的風雲人物，但前者因上海的事業經營不善回台灣，成為萬華區的遊民，最後被住在信義區豪宅的詐騙份子所害；後者則因被外商公司裁員，尋求楊金澤模式，偷偷投保受益人為女兒的保單，決心離開這個世界。然而，此處主要呈現新、舊城區的發展差距，以信義區的繁華璀璨對比萬華龍山寺區域的黯淡落寞；但此處作者也提醒我們，也許未來的某天，繁榮的信義區也會步上萬華的後塵，甚至後者會敗部復活，流露出對歷史的感知與變化無常的理解。

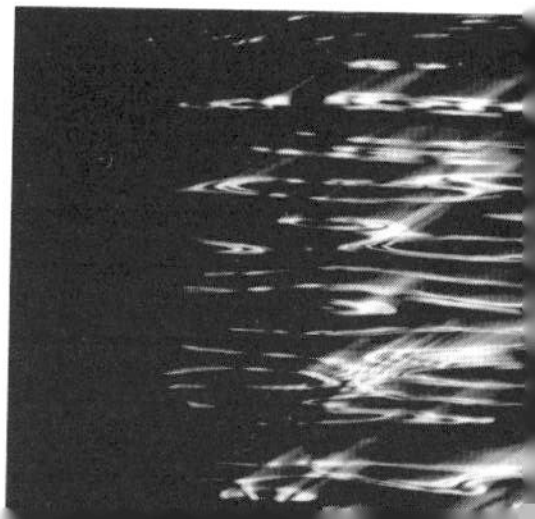

多變人性的刻劃

最後，則是探討作者對變化多端的人性描寫。〈沉默之槍〉中，酒店小姐溫欣敏在學時曾指控高中老師馬國航性侵，而高中生宋家豪因緣際會下認識罹患肝癌的馬國航，並答應幫忙他復仇；然而，宋家豪深刻了解，復仇的意念能激發馬國航維持生命的欲望，於是便藉著手槍這個殺人工具，時時「激勵」著他，並且有了以下的思考：

> 原本，我以為槍只能殺人，但當我看著老師雙手緊握著那把貝瑞塔、閉著雙眼默誦復仇的決心時，我卻可以清晰地感覺到，他的全身充滿力量。他一定能活下去的。這時我才相信，原來槍也能救人——只要那是一把沒有子彈、無法擊發的槍。（頁77）

宋家豪並沒有被馬國航的復仇決心影響，而是能以較冷靜的角度，看待槍枝能夠殺人、也能救人的特性，有自己的價值觀及想法。而這種種，都是受到他所喜愛的電影《魔俠震天雷》（Darkman）之啟發，其提到：

> 裡頭的主角，是一個很另類的超級英雄。嚴格來說，他恐怕不能稱為超級英雄。因為，他鏟奸除惡的目的並不是為了正義，而是為了報仇，只不過，他報仇的對象剛好都是大壞蛋，而且法律剛好沒辦法制裁他們，由他來動手解決，對大家都好。（頁72）

有別於類似蜘蛛人、蝙蝠俠等超級英雄之角色，魔俠震天雷因受他人陷害，而且加害人大多能逃出法律的制裁，於是便心生報仇欲望，希望能為自己討回正義與公道。在這篇小說中，其實魔俠震天雷是老師馬國航，宋家豪只是輔助及配合者。不過，他也不完全聽命於人，而有獨立思考能力，才會做出欺騙馬國航的選擇，以延續他的生命。就此而言，或許也能貼合現代台灣的社會，即許多犯罪者能夠不受法律制裁而

逍遙法外，知情者除了乾瞪眼外，就只能尋求私下「解決」；但若能像宋家豪一樣，從事件中抽身，或許能看見更多不同的面貌與可能。

〈疫魔之火〉中，談論的則是兇手、知情者面對不同推論時的反應與選擇。委託人朱宜映的哥哥朱宜慶，死於一場疑似電線走火的單純火災，但經由張鈞見的追查，才發現這是朱宜慶與好友孫宇丞、王庭輔的計策。朱宜慶等三人看到政府發布口罩管制禁令，看上販售口罩的商機，所以連絡台商方雲善的特助黃文淑，打算走私中國口罩來販賣，最後遭朱宜慶三人殺害。然而，朱宜慶後來卻染上新冠肺炎，為了不讓饒河街成為疫區，以及黃文淑的案情曝光，也避免連累好友及妹妹，朱宜慶三人便決定製造火災意外，讓許多證據、秘密就此煙消雲散。故事最後，張鈞見作出來龍去脈的完整推論，且孫宇丞及王庭輔等共同策劃者也承認後，他又給出了另一種推論可能：

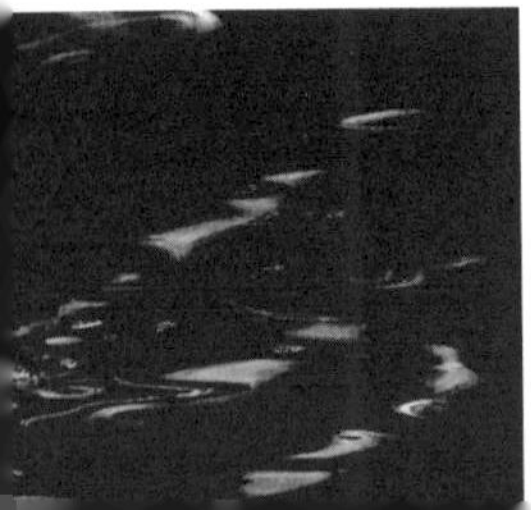

> 走私口罩的事，是朱宜慶一個人決定的，為了賺錢。他與黃文淑為了口罩價格爭執後，失手誤殺了她。於是，他獨自處理掉屍體，最後受不了良心的譴責，縱火畏罪自殺。（頁147-148）

當張鈞見故意說出另一種推論，並詢問孫宇丞及王庭輔的意見時，他們便請求務必這樣解釋。而這一切，都是朱宜慶妹妹，也就是委託者朱宜映的用意，看他們在被人揭發真相後，是否有悔改之心，還是只會推卸責任。最後證明，他們選擇了推卸；小說最後以「妳會原諒他們嗎？」作結，並沒有給予一個確切的結論，或許這也是對於讀者的叩問，交給讀者去想像與選擇。

〈泡沫之梯〉中，黃佳慈為追查撞死弟弟黃柏俊的肇事駕駛，找上張鈞見外，更不惜將自己的性感照片公布在網路上，希望能藉此吸引點閱率及額外線索。當最後知道肇事兇手為建商潘雄飛之子高育翔時，黃

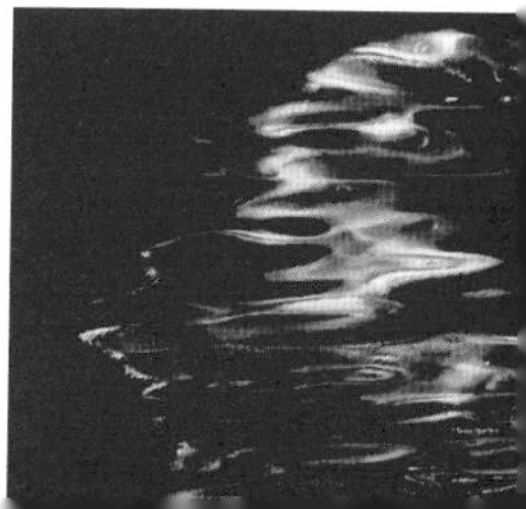

佳慈與其談判後的結果卻出人意料，她帶著不尋常的興奮語氣說：

> 自從我有記憶以來，我一直過得很辛苦。其實，除了留學以外，我還有好多好多事想做呢。反正柏俊現在不在，我也沒有什麼牽絆了。結果，他居然全答應了！想不到他對我這麼好！簡直就像聖誕老公公！（頁228-229）

從前述內容來看，可以了解黃佳慈與潘雄飛的談判結果相當愉快，潘雄飛願意資助黃佳慈到英國留學。行文至此，讀者或許會認為黃佳慈是一個見錢眼開、唯利是圖的姐姐，還能跟殺弟仇人的父親談得有說有笑。但耐人尋味的是，本篇小說的結尾在「所以，我拒絕與他和解」這個開放式的結局中，或可解釋為她無法忘記弟弟是怎麼被對方兒子害死的，因此不向眼前利益屈服，拒絕和解；但另一方面，卻也可能是黃佳慈想要更多的利益，於是才拒絕和解。對此，也沒有一個明確的結果，

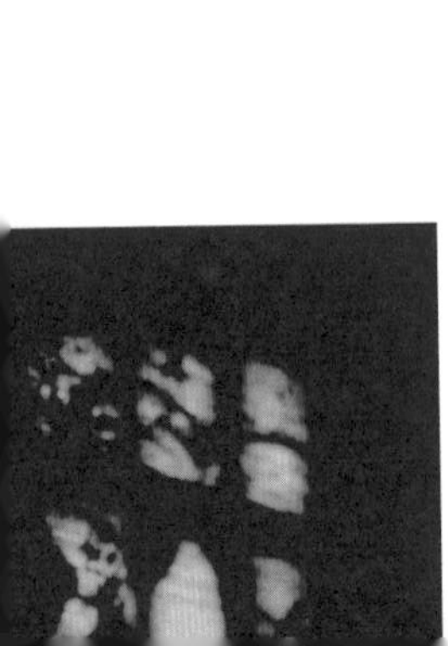

並待讀者自行去想像、填補，展現出人性的複雜與多樣。

〈蠶繭之家〉則是描述張鈞見幫委託人顏心依之尋父過程，故事中也可讓讀者對家庭的定義有所思考。例如張鈞見在找到顏心依父親顏仁璽後，對他說的女兒近況：

> 她認為，你們幸福的家庭之所以無法維持下去，她是最大的原因。在你離家以後，她開始不願意上學、跟男友分手，歸還他致贈的禮物，還上網找人援交。她這種自暴自棄的方式，很明顯是出於一種自我毀滅的偏執。（頁296）

由張鈞見的話，可以看出顏心依內心的糾結與矛盾，她將家庭幸福的破滅歸咎於自己，開始自暴自棄、自我毀滅。然而，她並不是只有想要自己死亡，而是希望父母可以回到身邊，再由她主導，一起共同邁向死亡之路。這邊可以看到，顏心依對於權力的掌控已到無法自拔或偏執

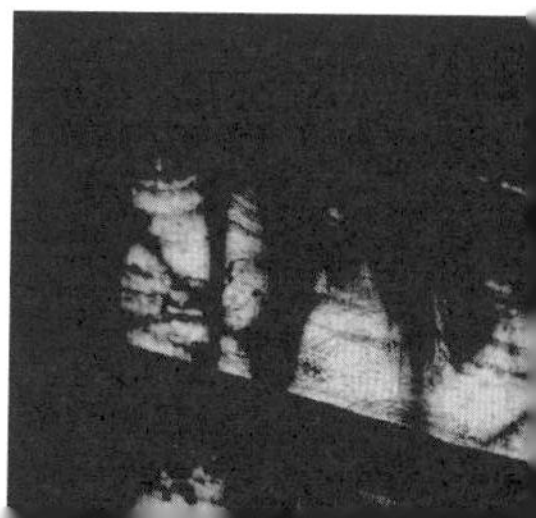

的地步。最後，她在寄給張鈞見的訣別信中提到：

> 沒有錢，我們全家人，是沒辦法好好活下去的。同樣的事情，未來還會一而再、再而三地發生。阻止了這一次，還會有下一次。這是一個被黑洞牽引、旋轉的無限循環。進了黑洞，時間就凍結了，化為荒漠般的虛無。（頁300）

顏心依提到現實社會中常會遇到的窘況——沒有錢就卻無法支撐一整個家庭的開銷、生活。顏仁璽因被裁員而沒有生計來源，妻子因而離開他，才了解原來幸福美滿的家庭泡泡都是由金錢堆砌出來的。顏心依知道縱使他們一家三口這次團圓了，但因為沒有錢，妻子離開、父親想自殺的輪迴仍會不斷出現。於是，她便下定決心，要帶著父母一起走向死亡，這對她而言，才是最幸福的事情。其實，就這樣的結果來看，也

無須批評顏心依是否冷血或是自私，她只是想要保有對於家庭最基本的渴望，而且無須再受到其他外在因素干擾。

整體而言，既晴在小說中，除了以流暢與平易近人的敘事手法來說故事外，或許更加值得關注的，是作者對於人性議題的思考與辯證，並提供給讀者打破刻板想像與定義的路徑。而且他筆下的張鈞見，也並非只是冷冰冰的刻板偵探，而可能是生活在你我周遭、擦身而過的人物，給予不少親近的感受。另外，故事中所設定的台北地景，也給予讀者親切及熟悉感，並點出該地方的發展歷史與問題癥結，值得讀者跟著張鈞見按圖索驥，一起發現台北、發現人性的不同可能。

陳木青—國立中興大學中國文學系博士、亞洲大學、嶺東科技大學兼任講師，研究興趣為戰後臺灣文學、香港文學、近現代報刊等領域，學術論文散見於《興大中文學報》、《靜宜中文學報》、《國文學誌》、《奇萊論衡：東華文哲研究集刊》等。

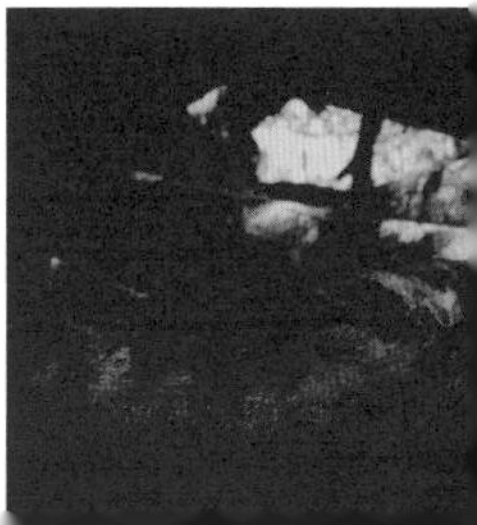

輯三・城市裡那場不會停的雨

泡沫裡的真相

呂竟

《城境之雨》由四個基本上獨立的故事結合在一起，這些故事發生在2020年前後的台灣社會，〈沉默之槍〉講述一個媽媽「偶然」在兒子的房間發現了一把手槍；〈疫魔之火〉則是調查看似平凡無奇的火災案件，但有一封沒來由的信，讓家屬有理由相信是人為縱火；〈泡沫之梯〉是一宗在深夜大雨中發生的死亡車禍，在沒有行車記錄器的情況之下，要如何找到肇事逃逸的駕駛人；〈蠶繭之家〉說的是一個失業、失智的父親的失蹤案。四篇故事以委託人登門拜訪徵信社展開，除了徵信社的三位職員外，四組人物看似互無交集。

全書充滿了濃厚的台灣味，同時也在推理小說抽絲剝繭的過程中，反思「真相」的意義。

濃濃的台灣味

作者既晴並沒有用死板的方式直接告訴讀者故事發生的時間，而是利用他所營造的世界，讓讀者將視線從書頁上移開，望向窗外、眺望遠方的時候，會想到自己是不是也有一個朋友正是作者筆下的人物；又或者是小吃店不間斷播放的電視新聞中，耳裡傳來的那些習以為常的播報。

作者將2020年最大的事件「武漢肺炎」帶入故事中[1]。隨之而來的居

1. 未免揭露小說情節（暴雷），以下討論會袪除本來的情節脈絡。

家檢疫、隔離，以及對廣大民眾的生活所需：口罩，都有所著墨。讀到這裡，會讓讀者非常迅速地回到2020年三、四月，疫情最為嚴峻、人心惶惶的時空中。此舉可以說是精準地標定了這部小說所屬的時空，並引起讀者生活經驗的共鳴。[2]

首先是「性」，包含了對於他人身體侵犯的性騷擾，或者是特種行業的酒店，又或者販賣性的援助交際。再者是與「家庭」組成相關的，以家庭形式來說，突破既有家庭形式的婚外情，或者是單親家庭。婚外情可能延伸的私生子，以及一般來說不超過二十歲的小媽媽。另一方面，富裕家庭所形塑的富二代，更可說是新聞媒體的最愛。相對於新聞媒體，前幾年在臉書及YouTube上一炮而紅的「誰殺了李新」，可以說是力求突破既有的新聞媒體平台，憑藉一己之力搏取大眾關注的自媒體。而作者也利用在媒體上，一集接一集的超級英雄系列電影，促使讀者反思「英雄」的定義究竟為何。

接著可以說是橫跨「媒體」和「經濟與工作」這二個大分類的是攝影師及外拍模特兒。「經濟與工作」的類別，小至以個人為單位的夜班工作者，這些人在生計與身體之間對抗與選擇。也有人選擇遊走在台灣海峽之間，到中國經商，然而這些台商近幾年遇到的可能是撤退困難的問題。若無法順利抽身，很可能會演變成中年失業的問題。以整個更宏觀的結構來看，更是全球經濟結構以及在台灣及中國都需要特別注意的政商關係的問題。以職業類別來說，書中也提到了動輒上萬元的精品皮夾，以及二項相對特殊的謀生方式，一個是拆除廢棄汽車的剖肉場（thâi-bah-

2.《城境之雨》成書於2020年9月，以後見之名而言，2021年5月，台灣迎來一波更大的疫情。

tiā），筆者的老家就比鄰一個刣肉場，那些堆積如山的車架正是我的童年印象。另一項則是詐領保險金，其詐保的金額都非同小可，也是許多知名懸案的基本設定。另一個更是利益龐大的是都市更新的問題，但都市更新意味的是大破大立，對於長期在地經營的社區營造來說，常是螳臂當車的對象。在都市裡有一些特殊的人群，也出現在這部小說中，例如一些內聚力較高的宗教團體，甚至在教義的解釋上與大眾的認知有所出入時，常會被貼上負面的標籤。這些宗教團體也時常涉入了向信眾詐財的疑雲，在網路世界甚至被以seafood的諧音來指涉這種所謂的師父現象。在都市內的特殊人群還有幫派，又常會延伸出槍枝甚或販毒的問題。另一群內聚力可能相對較為薄弱的人群是遊民（街友），我甚至非常喜歡作者的描述：「當這個社會的現實運作，把你排擠出局的時候，這裡接住了你啊」。以及可能小到不能說是人群的是鴛鴦大盜，也可以算是都市裡的特殊現象。

最後，作者也沒有忘記將鏡頭分給校園生活，舉凡師生關係或者是服務性社團都是作者筆下的題材。作者將上述（筆者整理的）三十個元素融入到推理的謎題中，彷彿是昨日、今日、明日活生生上演在台灣社會上的真實場景。

以下內文，更是日常生活中會有所同感的：「我知道，我說的沒什麼用，無非只是善盡告知的義務，避免發生事端後被追究責任，就像是飛機起飛前機內廣播的安全說明，乘客沒人在聽，但還是該講」，彷彿映照著知名YouTuber「反正我很閒」的那句經典台詞：「同意啦，哪次不同意」。作者也點出了經常沒發揮功能的監視器：「遠勝有錢裝沒錢修，發生事情什麼都錄不到等於白裝的公家監視器」。在在都與我們的生活經驗緊密相連。

小說中的性別關係

就筆者的觀察，本書中有二個十分特殊的現象：委託人都是女性，以及職場內微妙的關係，都跟「性別」有關，在此一併提出來討論。

在四個故事中，委託人都是女性，她們是女兒、妹妹、姊姊、母親，找上偵探張鈞見辦案，而案件的主角都是她們的男性親屬，也就分別是父親、哥哥、弟弟、兒子。另外一個值得注意的性別現象是在職場中。故事的核心是偵探張鈞見，正如同所有偵探故事一樣他也有一個助手，這個助手正是她的秘書如紋，而且幾乎都是由張鈞見指派工作給如紋。而幾乎不出現的廖叔所扮演的角色是一個知識上的導師，他在一個更高的位子指導張鈞見。由此我們看到的一個景象是——若在二個性別的架構下——男性扮演一個知識上的領導者，男性扮演一個指派工作的發令者，而女性扮演一個工作上的協助者，扮演一個事件中的求助者。但作者又將男性放在推理案件中的主角，似乎又有想把男性放回整個結構中最弱勢的位子，取得某種程度的平衡。

你敢面對真相嗎？

閱讀小說的過程，可以說是一段追尋真相的過程。在這趟未知的旅程中，我們走在小說家大筆一揮引來的迷霧之中，途中勢必會有我們應當留心卻大意錯過的線索，直至走到終點才想起自己的不夠謹慎，又或者在小說家全知的觀點下，讀者更是被無情擺弄的弱者。

小說中「泡沫」的概念，作者運用「就像泡沫一樣，轉瞬即逝」，呈現線索／證據／希望那種稍不留神就從指尖溜走的無力感。另一方面，在閱讀過程當中，就像是在迷霧中摸索前進，去追尋那被泡沫包裹的真相，「踩踏著，攀爬著這一連串緊緊存於剎那的泡沫，抵達盡頭時見到的，依然只有泡沫。一旦泡沫消失，立刻就會墜落，摔回原點」，伸手觸碰泡沫，得到真相後，那個衝擊也如泡沫破滅也只有一瞬間。雖然作者說：「偵探的存在，是為了代替委託人，承受真相從眼前逃走的打擊」，但真相從眼前逃走是種打擊，見到真相何嘗又不是打擊呢？

總的來說，小說家既晴的《城境之雨》描寫了發生在2020年前後的台灣社會所上演的故事，帶領讀者跟隨偵探的腳步探尋真相，但到了終點，見到真相後，卻不一定是幸福快樂的童話結局；有時見到真相後，卻彷彿一碰就破的泡沫，讓人對未知的人生留下無限的不解。

呂竟——社會學的學徒，卻沒有唸過社會學的系所。

心向流浪，卻未曾嘗過最高貴的痛苦。無賴與耽美之間，我全都要。

懸疑幕後的人性蹤跡

李忠達

台灣的偵探小說不論在坊間書店，或者是在學術界的研究當中，似乎一直是個比較冷門的領域。一方面這是我的孤陋寡聞，但或許我的主觀印象也有幾分真實性。因緣際會下，翻開既晴《城境之雨》，彷彿走進一個既熟悉又陌生的城市。隨著張鈞見穿梭在台北城內，理應熟悉的龍山寺、饒河街、中山北路……，忽然染上一層異樣的色彩。或許是進入小說情節的設定當中，整座城市籠罩在綿綿不絕的陰雨，以及肺炎席捲下的人心惶惶。對一名讀者來說，文字本身的感染力就能引導人在腦內營造出這樣一個世界，無疑已經踏出成功的一步。

一名非推理迷自然不懂得推理小說的本格派、寫實派、社會派和其他派別之間的差異，也不知道《城境之雨》應該定位在哪個位置。這樣的坦白，或許會讓專業人士有所不滿吧。不過，對我這樣的外行人來說，除了陰雨濕冷的城市氛圍，還有一個接著一個謎題造成步步逼近的懸疑感外，最關心的畢竟是小說裡面的人性糾結了。偵探不停地尋找線索，解開謎團的過程固然令人享受，但這層懸疑不僅僅只是吊人胃口的敘事技巧，更是堆疊讀者情緒，等待結局翻轉時刻，對情感造成最大衝擊的必要手段。《城境之雨》的四篇故事在營造特殊腳色性格，安排人性衝突的部分，都用足了心思，不乏令人驚艷的巧妙安排。

令我印象最為深刻的，當屬〈泡沫之梯〉。這則故事起因於黃家慈的弟弟黃柏俊車禍身亡，她拿出所有積蓄委託張鈞見調查肇事逃逸的真兇。肇事逃逸在台北市屢見不鮮，追查線索卻非常困難。黃家慈委託偵探調查的理由非常充分，劇情還藉著所有人的話語不斷提醒讀者，肇逃的調查有多麼困難。一開始是找不到監控錄象，所有車禍的痕跡被大雨沖刷殆盡，好不容易找到肇事車輛的塑膠碎片卻毫無證據效力；看了數不清多少小時的錄像，總算發現兇手曾丟棄紙袋，但紙袋早已消失，而使用紙袋的店家也拒絕提供客戶資料。在追查的過程當中，黃家慈的決心和行動力已經非常具有說服力了，甚至在張鈞見都暫停調查後，她還大膽的遊走法律邊緣，蒐集到能將兇手定罪的關鍵證據。然後讀者才知道，她惹上的是財力雄厚而又兇狠的大人物。儘管小蝦米對抗大鯨魚並不是什麼新鮮的劇碼，但在這時刻，劇情堆疊出的懸疑感，將黃家慈做出最終選擇的張力最大化。讀者既然跟著張鈞見和黃家慈破解一道又一道的難題，在絕望中追尋泡沫般容易幻化的線索，到最後竟然遇上一座厚重而難以撼動的大山。於是，一個合理的疑問出現了——黃家慈已經完成原本的心願，追查到兇手，又已經讓兇手認罪，願意以相當優渥的條件和解，讓她完成夢想，過上衣食無憂的生活；對偵探來說，委託人的工作早已完成，雙方和解的話，也能保護黃家慈不再受到騷擾。這個時候，你會怎麼做出最後的選擇呢？

這種人性的糾結，牽涉到的是一個人內心深處的價值選擇。一個諳於世故的成人和一個熱血澎湃的青年容或有不同的選擇，但或許年齡和社會經驗也未必能決定一個人的想法。結尾的嘎然而止，或許正是給思慮周密、重重思索才最後決定的人一個最大的震撼。

在〈沉默之槍〉中，我們能夠見到的是一名性格特殊的腳色：宋家豪。奇妙的是，宋家豪的一舉一動充滿怪異和不合常理，到故事的最後階段才現身說法。對於這樣的敘事安排，我理解成偵探小說中破解案件，透過當事人自白而營造出劇情高潮的常見手法。但是，我認為宋家豪最後的現身，意義又不僅限於此。他出現的時候，張鈞見已經把大部分謎題都破解了，他的現身實際上另有意義：作者要藉著他的嘴巴，替整起事件安排一個出人意表的動機。在劇情推演中，讀者看到的是宋家豪有好幾張面具，在母親面前是溫柔上進的孩子，在學校和社團是熱心助人的同伴，在幫派裡是一起鬼混玩鬧的同夥，在酒店裡是癡迷於愛情的工具人，而他同時又是一個私藏槍枝，籌畫一件大事的謀略家。事實上，宋家豪只能在最後階段露臉，是一件令人感到惋惜的事情。他的腳色設定如此完整，又如此啟人疑竇，整部小說最大的謎團都圍繞在他身上，可是和張鈞見的對手戲卻一下子結束了，未免令人遺憾。

相較之下，身為配角的溫欣敏有更充裕的篇幅去鋪陳。這個二十出頭的女子，在學校誣告老師性侵，害人身敗名裂，隨後又混跡風塵，成為大哥間爭鬥的源頭。而她，在張鈞見的逼問下，一連串自私、扭曲、潑辣而狠毒的話語，徹底把這名反面腳色刻劃得入木三分。如果這篇故事還有更多篇幅的話，是不是應該留一些給馬國航，讓他演出自己染上絕症、窮途末路之際的強烈恨意？是不是該給宋家豪更多一點時間，講述他如何能夠演出這麼多種人格，又怎麼受到超級英雄電影的影響，去思考我們在正常的途徑之外，是不是能另闢蹊徑去拯救一個絕望的人？宋家豪可以很少現身，但這個腳色的豐富性和複雜性，必須要藉著其他腳色的出色刻劃來增加說服力。讀者對他的認識，建立在每一位涉入事件的人，在人性表現的深刻程度上。畢竟，讀者期待的不只是一個合理的結局，而是一個能顛覆人思考的、令人價值觀為之震撼的反轉，不是嗎？

然後，在〈疫魔之火〉中，出現了另一名意料之外的亮眼腳色：林博哲。話說在前，這篇故事的設計是非常精巧的。背景首先設定在新冠肺炎肆虐之下的台北市饒河夜市發生火警，在敏感的時間點，各方勢力在同一個場域裡拉扯。有生意失敗、經濟困難的店家，有試圖保護夜市文資的地方文史工作者，有涉入土地買賣的黑道，有趁著疫情走私醫療物資大發災難財的商人，負責滅火的消防隊，調查火災事件的警察，當然還有死於火場的受害家屬。因為背景設定的複雜度，劇情的展開遠遠超乎一間商店火警的範圍。既晴在駕馭這麼多面向的故事線上，也展現出過人的控制力。不曉得是不是做過研究，或訪問過從業人士，〈疫魔之火〉在描述火警現場和消防隊滅火的細節上，表現出驚人的專業性。讀者似乎真的能夠透過文字，把事發火場每一個空間的布置，甚至每一個火苗竄起的地點在腦海裡重建出來。林博哲在其中就是負責解釋火場鑑定的明星消防員。意外的是，林博哲的戲分特別的多，似乎在劇情的中段，既晴希望把讀者的注意力轉到他身上，藉以埋下更後段劇情的伏筆。在這個過程中，林博哲反而顯示出豐富的個性和人生故事。他小時候被火災燒死過家人，在消防隊努力打火，成為各方矚目的明星，私底下又參加藏傳佛教，熱切的參與火供儀式。這些故事讓林博哲成為讀者最心懸的腳色。有沒有可能，縱火犯就是這位打火出名的消防員？是不是他小時候的創傷經驗，引發了PTSD，造成他長大後心靈深處的失衡？這些疑惑，在劇情中段幾乎完全主導了整個讀者的閱讀體驗。林博哲和張鈞見有好幾場對手戲，這讓他有充裕的時間在公、私場合，以不同的態度仔細地述說自己的經歷和想法。與故事中從未露面的黑道，或者朱宜慶、黃文淑兩場幾乎沒有被仔細討論的殺人與自殺橋段來說，林博哲儼然才是整個故事的重心。我們會想知道，林博哲怎麼面對內心的傷痕，怎麼處理他在公眾的形象，又出於什麼動機參加神秘的密宗教派，從事與打火兄弟身分矛盾的火供儀式。林博哲也在對話中，給出了屬於他的答案。

有人性的衝突，就有劇情的張力。推理的複雜性和解謎後的愉悅感，固然能令讀者充分地享受一部小說的精心安排，但是讓所有腳色不得不涉入事件的人性糾結，可以讓整部故事變得更後勁綿長，更耐得住讀完之後細細品味。就此來看，《城境之雨》不只是在推理的設計上值得品味，在腳色的形塑上也時不時地有意味深長的安排。這些人物在城市裏面碰到的處境，多多少少是我們曾經聽聞，甚至親身經歷過的。假如我們平常看到新聞事件，輕忽地滑了過去，或許張鈞見查案的過程，能夠幫我們更深入的看到事件人物的內心世界，和整座城市的真實肌理吧。

＝李忠達—東海大學中國文學系助理教授。

雨季

陳延禎

很多喜歡日本推理小說的讀者，我猜都隱約會對「既晴」這個名字有點印象，是得，在很多推理小說的最前面，都有他所寫的導讀，那是我認識推理小說的第一步，也是我知道既晴的起點。

不得不說，身為一個重度的本格推理（以解謎、挑戰讀者為主的日本推理小說流派）迷，完全不在意它的前身與演變的、幾乎不看日本以外的推理小說，我想我可能或多或少有點「本格推理」的沙文主義吧，而以我如此狹隘的閱讀視野，在近幾年的推理小說市場，印象最深刻的是香港作家陳浩基先生於2014年出版的《13・67》，縝密精緻的敘事、邏輯嚴謹且出人意料地事件，最後再將每個短篇故事都連接了起來——這是我最喜歡的小說模式，它讓我驚艷華文推理的可能性。

再接著我看到了既晴的《城境之雨》。身為推理小說的愛好者，寫起推理小說的相關文章，我總是遲疑且舉步維艱的——到底該怎麼樣介紹，才能在不爆雷、影響推理小說樂趣的前提下，卻又讓人對此提起興趣呢？我找不到答案，但是我會努力。

《城境之雨》一書，為筆下台灣第一神探張鈞見，以徵信業調查員身分所承接的四個案件為主，分別為〈沉默之槍〉、〈疫魔之火〉、〈泡沫之梯〉、〈蠶繭之家〉，而在台灣，徵信業者在我們的印象中，大都也是處理跟拍、捉姦等案件，與其說是偵探，不如更像偷拍藝人的狗仔隊，「——依據本社規定，調查不得涉及刑事案件」如此真實。

的確，《城境之雨》中的案件和我本來期待的，充滿花俏謀殺手段、驚悚死狀和大翻轉的故事情節，甚至是沾不上邊，尋找失蹤的父親、找出肇事逃逸的殺死弟弟的兇手、調查步入黑社會的兒子、大火燒死哥哥的真相，市井小民的委託和刑案或許關係都不大，也沒有大陰謀、大秘密，傷心的人卻更多，這或許才是台灣這個小島，最單純卻也最複雜的案件了吧。

張鈞見本人也和有著靈光一閃的推論、細緻的觀察力、甚至能從表情判斷犯人的判斷力的傳統名偵探不同，張鈞見在處理案件上，比較多的是經驗的累積，透過時間的累積、腳踏實地的走訪，在〈蠶繭之家〉中，為了替充滿防備心且雙親離異，未成年委託人心依找出失蹤的父親，先以合約書的緊急聯絡人一欄詐出了其母親的聯絡方式，在一輪人際關係的詢問上沒有斬獲，便以地毯式的搜尋「從顏家所在的大安區出發，我規畫好行程，一路邊走邊問。路邊攤、店家、排班計程車，……他們不張揚，專注於各自的營生，同時觀察著路過的人們，用雙眼紀錄了這城市的醜惡及美好，遠勝有錢裝沒錢修、發生事情什麼都錄不到等於白裝的公家監視器」。調查的手段寫實，似乎符合邏輯，但我總會更期待看見，當一名國中少女援交以賺取尋找父親的調查費，全家團圓後卻又殺害全家，我好奇他的處境、情感，最後少女的信以超齡的筆調想要解釋「這是一個被黑洞牽引、旋轉的無限循環。進了黑洞，時間就凍結了，化為荒漠般的虛無」。我好像能理解，又好像不能。

偵探與助手的組合其實已不是那麼新鮮，但他們互動的橋段卻總是深深的吸引我，「助手」的腳色在推理小說中的重要性，或許超出我們的想像，除了替偵探解決調查案件時發生的瑣碎雜事，更要緊的，他替讀者解釋了劇情、線索或是提問，許多著名的推理小說都採用這樣的模式，真的「獨自一人」完成委託、調查的偵探，以我的閱讀反而還在少數，比如島田莊司筆下的御手洗和石岡、我所鍾愛的京極堂系列中的中禪寺和關口。

張鈞見的秘書助手叫作如紋，是個充滿個性、活潑且有話直說的女孩子，他們的互動讓我耳目一新，當如紋出現在故事中時，我甚至會突然地回過神來，看他們打鬧般的對話，總會想起從前和同學間的互動，在〈沉默之槍〉的故事中，張鈞見因為調查案件需要尋找一張頗具年代的DVD光碟，電話還沒講完，卻因故被迫掛斷，「她說會弄到《魔俠震天雷》，然後在我面前把DVD折斷。她的語氣很認真，我希望她是開玩笑的」，可能有點不恰當，但是很有趣、很可愛不是嗎？

如紋總會讓我想到〈泡沫之梯〉的委託人黃佳慈，儘管他們也未必有什麼共通點。雙親早逝的黃佳慈和弟弟兩人總是打工為生，並抱著到英國留學的夢想積極面對生活，直到聖誕節隔天，被通知認領發生車禍，弟弟的屍體，她無所不用其極的想找出那個肇事逃逸的犯罪者，甚至用盡原本用以留學的存款、應徵精品店的店員，只為取得購買紀錄等等，費盡了心思，即便知道了誰是兇手，卻也因為證據的不足，使警方不得不放棄調查。黃佳慈沒有放棄，她拍攝艷照並將事件的經過放在網路上供人瀏覽，透過輿論的壓力，肇事者的富裕父親想透過金錢並威脅抹黑想藉此和解，但黃佳慈的反應讓我瞠目結舌，不禁讓我想摘錄故事最後，黃佳慈和偵探張鈞見對話的這一片段：

「你和潘雄飛……談得怎樣了？」

「談得很愉快。」她的語氣帶著不尋常的興奮，「你走了以後，我向她提出了更多的要求。機會難得嘛。我已經悶好久了。自從我有記憶以來，我一直過得很辛苦，其實，除了留學以外，我還有好多好多事想做呢。反正柏俊現在不在，我也沒有什麼牽絆了。結果，他居然全答應了！想不到他對我這麼好！簡直就像聖誕老公公！另外，他還給了我好多建議，該怎麼樣適應英國的環境、展開新生活等等。跟他談完，收穫實在很大。我終於瞭解他是個什麼樣的人了。」

「那就好。」

「——所以，我拒絕與他和解。」

〈沉默之槍〉的故事開端是一名單親的母親，在整理兒子房間時，發現了一把貝瑞塔九二FS手槍，心生恐懼的母親，想要知道一向聽話、體貼懂事的兒子是否真的誤入歧途，於是委託了徵信社，〈疫魔之火〉則是想找出哥哥死亡真相的妹妹，與上述另外兩篇故事有個微妙的共通點，母親對兒子懷疑、妹妹對哥哥的思念、姊姊對弟弟的不捨、女兒對父親的憤怒——皆是女性委託人針對男性親人的委託，像是台灣傳統定義下女性腳色的些許自白，儘管我尚未明白既晴老師這樣子安排的用意，我想用故事中的一段話作結。

我將永遠無法知曉她的秘密。

——THE girl。未來，我會以這個代稱既得她，將她放在心底。

陳延禎——東華大學華文所畢，教育部文藝創作獎首獎、奇萊文學獎首獎、國藝會創作補助、統一發票六獎，詩集《南迴》雙囍出版。

低調的超級英雄

李岱樺

在過往台灣推理文壇的研究及評述中，諸如林佛兒等人均提及台灣推理小說是以模仿為開端，當代則不斷推陳出新。台灣的大眾小說並非發展不全，只是類型文學，屬於不世出的低調族群；另一方面，台灣推理作家協會推行徵文獎多年，小有規模，卻難以與翻譯小說的讀者占有率、市占率並駕齊驅。推理小說像高譚市的蝙蝠俠，堅持自身立場，從黑暗之中尋找到那條光明的路途。

洪敍銘在他的研究中，指出早期台灣推理小說的特色是在模仿裡加入在地文化、在地故事，然而台灣大眾小說（包含奇幻）在二十一世紀初逐漸失去關注後，發展趨向地下化，但又面臨長青型文學獎停辦，興辦不久的文學獎不到兩屆便消失匿跡；藉由這些獎項出道的作者，再也沒有下一個舞台能夠大展身手，初出一時，落沒也在一時；歌手有所謂的「單片歌手」，而這類小說家則變成了「單書作者」。台灣推理小說在一片黑暗裡，作為一名「黑暗騎士」，努力地找到一條足以生存的道路，甚至在這條路上開發出比預期中更為突破的大道。

這幾年台灣的推理故事，無非是走向影視媒合及劇本化。對於台灣，這是可預見的極佳結果，對作者是，對讀者也是。從早期的《波麗士大人》、《天平上的瑪爾濟斯》、《神仙谷事件》，再到串流平台時代的《天黑請閉眼》、《引爆點》、《誰是被害者》、《罪夢者》、《最佳利益》及《追兇500日》；本土文化、司法及調查過程，成為台灣本土推理劇的重要三大元素。

已改編為戲劇，且即將上映的〈沉默之槍〉即具備了這三項元素的合理性及特殊性。每個國家皆由於國情、文化及民情不同，致使其「正義」各有其表現形式。台灣這三項元素的本土特質，卻得以發展出自成一格的推理類型故事。如日本電影《預告犯》中生田斗真所飾演的派遣員工，其道出了日本社會中派遣文化的黑洞，這是屬於日本觀眾觀看時即會被打動的關鍵題材。至於台灣，也正是抓住了打動觀眾的關鍵——貼合台灣的題材及鄉土性，才能屢獲成功。

《城境之雨》，透過私家偵探張鈞見的視角，以單元劇的方式，寫出獨立成篇的四篇短篇，成了完整四幕劇，集結於一本書內，是極適合改編電影、戲劇的劇本。它提供了「文字轉化」的天生可能性，也具有小說轉化成劇本時的簡易性，有利於進行大綱脈絡化、提取主題、尋找影視吸引點及重塑現代人生活的元素。此外，既晴在〈沉默之槍〉引入高中春暉社；〈疫魔之火〉則引入了Uber Eats、夜市等台灣現下熟悉且熱門的文化詞語。它早已無須為了「改編劇本」而「改編故事」，因為它已是一齣優秀的劇本，所有劇本化的步驟大部分都可省略，只須為了影視化成本考量而做出適合的意見採納，再思考每個橋段影視化的可行性。

不得不說，《城境之雨》是非常優秀的小說、劇本雙棲作品。他嘗試了新寫法，將推理短篇連作形式串起一條細線，像《第八號當舖》那種單件案件，卻又勾勒出主要角色背景的雛形。

〈沉默之槍〉在故事直觀及帶出社會困境的兩項優點下，作為影視作品確實能吸引住觀眾的眼球。以《追兇500日》作為對照作品，其女性及身心障礙者的犯罪值得社會考量、思辯；〈沉默之槍〉同樣照亮那些社會角落的黑暗之處，給予光輝的方向，這是推理小說沉重且緊張的情節中，最後帶給觀眾打擊感時所能產生的一種反饋。

〈沉默之槍〉運用多重的反轉，一次又一次帶著讀者經歷每條彎道的思考，下一秒再度轉向。故事情節已然抓住閱聽者的感官，使讀者亟欲知曉最後的結局是為何；但短篇小說於結局書寫上是最為困難的，必須在「該結束」時寫下該篇故事的最後一個句點，多則冗贅，少則餘韻不足。「餘韻」又是推理小說的醍醐味所在，背起短篇小說的篇幅的前提下使之更加困難。既晴所寫下的句點，恰到好處，不多不少，選擇了讓觀眾自行發想的甜蜜點作為故事結尾。

除了情節外，要撐起一整個故事架構必須有適當的故事元素。〈沉默之槍〉抓住了台灣安養、精神壓力及公審等現代社會的共鳴議題；深怕調查過程中有敏感的對立前提下，既晴未使某項議題過重於其它，將間中的平衡性掌握得精準無比。以短篇小說而言，倘若先不以本格派或變格派等學術名詞進行評論，這無疑是當代推理小說中的傑作，為推理小說這名黑暗中的超級英雄，跨出舒適圈的第一步。

台灣也不乏優秀的短篇型連作，自成長篇的小說，《城境之雨》如吳明益作品中，天橋上的那位魔術師一樣，擁有一名貫穿每篇故事的靈魂人物——張鈞見。以日本而言，表現形式同樣傑出的小說《艾比斯之夢》，運用了主角貫穿各個單篇的寫法，而最後的單篇便是主角自身的故事，這是極為震撼讀者的迴轉，也是最佳的結尾——我期待張鈞見的故事能夠作為本書的第五篇誕生，那便是我對從〈沉默之槍〉開始的《城境之雨》，最為振奮人心的結局的期望。

李岱樺——畢業於東華大學華文系。兒童文學研究所碩士論文撰寫中。貓奴一名。來返於北部與東部的遊蕩文字工作者。曾為公視動畫編劇，得若干文學獎。

雨中的火焰不息

邱亦縈

推理小說乃是一種智能性的遊戲。同時也是一種運動項目；作者務必與讀者作光明正大的公平競爭。

美國推理小說家范．達因論及「推理小說二十法則」時如是說，閱讀既晴的《城境之雨》，我竟閃現了這樣的感受，順其線索及謎團的設置，似乎有種與作者相競的樂趣，跟隨著小說中的事件線索，而戴起蘇格蘭呢獵鹿帽，隱身於歐洲暗巷的一隅，從事起偵探、伺候，從而得到解謎之刺激。

推理小說起源於歐洲，六、七十年代以來在日本風行，「推理小說」

（detective fiction）一詞是被譽為日本文壇「偵探推理小說之父」的江戶川亂步提出使用，與「偵探小說」不同的是，推理小說更加注意科學的邏輯，運用推理手段撥開疑雲迷霧，揭示案情和破案過程。而在此之前埃德加・愛倫・坡（Edgar Allan Poe）公認為「推理小說的始祖」。代表作《莫爾格街謀殺案》、《瑪麗・羅傑疑案》、《被竊之信》和《金甲蟲》都被奉為這類小說的先河。

筆者以為推理小說雖是對於社會「實然」命題加以推衍，例如犯罪的發生，此一客觀事實普遍存在於社會環境中，再依其馳騁的想像——情節、人物與對白，步步引領著我們進入「真相」；但在事件之外，在文字敘述背後，可能是一種對生命「應然」的省思、一種對生活的體驗、或一種超越現實的想像。

《城境之雨》便帶領著讀者產生了這種哲學思考，例如〈沉默之槍〉

中的馬國航。我們常基於某些道德判斷與理由，被賦予義務「不應該」做某事，或「應該」做某事，以「應然」測試著溫欣敏的人性溫度，而「實然」卻打醒了他這樣的想像，栽贓不成的溫欣敏仍恨透了馬國航，正是馬國航對事物態度的「應然」造成的結果。而宋家豪嚮往的英雄「魔俠震天雷」彷彿是道德正義的體現（並非法律正義），即是社會道德「應該」的普世價值，然而這樣的魔俠，卻不是這個社會法治所允許的「實然」，在小說中，魔俠代言人的背後動力來自於復仇，也是這起「罪」的起點。〈沉默之槍〉由一開始的的懸疑，層層抽絲剝繭地，照妖鏡般映照出這個社會對於所謂「正義」的真、假、是、非論辨；正如大衛・休姆（David Hume）提出質疑：應然命題具有真假值，作為經驗論者，他要求所有的知識必須奠基在經驗上，然而，經驗沒辦法告訴我們應然命題是否為真，正如可以觀察到人殺人，或者人沒殺人，可是我觀察不到「殺人是錯的」，或者「人不應該殺人」。因此宋家豪用沉默之槍去成就生存之力量，這樣的轉折很是動人的。

而閱讀〈疫魔之火〉，我忽然想起了美國推理作家勞倫斯・卜洛克《八百萬種死法》（*Eight Million Ways to Die*）中私家偵探史卡德受一名妓女琴・達科能的委託，跟皮條客錢斯談判琴想引退之事。錢斯認為等著下海的人多得是，於是不加以拒絕，然而幾天之後，琴竟然慘死在一家旅館床角的地毯上，另有妓女接著受到殘殺、以及自殺。所謂的八百萬種死法，建構在1980年代有八百萬人口的紐約，都是塗鴉的骯髒地鐵，第七大道入夜後的槍響，流鶯遍布的時代廣場，卜洛克描寫紐約充滿了黑暗、暴力、孤獨與死亡，一個住了八百萬人口的冷漠都市，有八百萬個故事，就會出現八百萬種死法。

當然，本書並非呈現這樣的題材，但是當新冠肺炎疫情延燒全球，多數人將眼光關注於公衛議題上，等而次之，竟只剩媒體所稱「報復性旅遊」了；這也彷彿也在說：全球的疫情背後也有「八百萬個故事」，作者藉著一把火的延燒，道出疫情中的小人物故事，讓讀者一同見證了「主角之死」，我們猶如在電視機前看著新聞的視聽大眾，將我們置於主角同一時空軸中，我們是否因重複又重複播報的疫情由害怕轉而麻木？這篇小說便更顯深刻，足以讓我們思考再三。縱火的人是朱宜慶？抑或是COVID-19，或許更是疫情衝擊下經濟崩解的深憂，或是對確診者的苛刻，一瞬之光亮，必須有人劃下火柴，成就那場驅魔求福之火供儀式，或許朱宜慶就是那「火供」，這樣令人遺憾的結局，我卻認為頗具小說美感；康德（Imannuel Kant）美學的兩個指標為「Beauty」（優美）與「Sublime」（譯為崇高的、莊嚴的，但我更喜歡升華一義），美感的產生本應來自「非理性的」，而推理小說目的性在於追求真相，其基本精神反之卻是「理性」，推理過程充份利用「邏輯」與「知識」，其解謎結果是來自某種追求「知性」的快適，這種感受的目的性正是推理小說與其它文類美感經驗形成不同之處，那麼，美感自何而來?推理小說敘事主軸為理性之「解謎」（clue-puzzle），推理小說是建構於讀者解決了不可思議之謎團、依其推理演繹的過程，最終真相大白的暢快，這與康德主張美感經驗是「通過想像力而與主體及其愉快或不快的情感相聯繫」（Kant ,2004）不相違背，〈疫魔之火〉中的虛構，引出了讀者的沉重感，但是這場火燒出的真相，卻如火供一般成為一種祭儀，或許期望火焰燃燒盡這場瘟疫的恐懼，也「洗滌」出對鄉里之愛，這是我所謂的「小說美感經驗」，即使康德原意仍是主張一種感性的、審美的、主觀的判斷，以作為美感之產生的界定!我仍覺得本文有其康德美學指標中的「優美」之議。

此外小說的社會功用說正是奠基於現實生活的真實性，反映人性的怯懦或勇敢，進而產生一種蕩漾，在讀者心中激起一些思考，推理小說亦不能免俗，即使它重在一種理性趣味，但仍有其人性的反思與關懷，作者將視野投射到了疫情及其背後，提到了確診者對於其可能會引起的「蝴蝶效應」深以為憂，事實上，這正是一場世界瘟疫背後的隱憂，中研院院長廖俊智便在疫情初期在臉書上發文，他認為揭露或隱匿確診者皆有盲點，盼展現人性光輝與真誠，對異議或反對者要耐心溝通、協調、解釋，對確診者要給予最大關懷、支持與包容。哈佛校長勞倫斯巴可（Lawrence S.Bacow）發表一封給師生及全世界的公開信，特別強調新冠肺炎是在考驗困境中人性的善良與關懷，希望大家能夠展現最佳品格，幫助確診患者、支持受隔離者，也要關懷社會中之弱勢族群。主角們洞悉著確診者會被貼以標籤，他們真誠的不願自己影響身邊鄰里朋友，進而一場精心設計的「縱火」，解套了大家可能遇到的困境，卻又符應了康德美學中述及的「升華」一義。

當然，閱讀本書時既感受了推理小說中「本格」傳統，邏輯至上的推理解謎，因為作者既晴連結了部分時事，又彷彿結合了注重寫實的社會派手法，故閱讀層次的層層遞進耐人尋味，讀者油然生出與作者公平競爭，與之鬥智的樂趣，看看是否能猜透作者所蓋的底牌，然而於本書的縝密設計下，謎題於文末揭曉時始有豁然開朗之了悟，這樣的推理趣味中透過張鈞見的視角，也深入了現實世界中的晦暗，去探尋現象背後的人性，我好似也正身處於城境的雨霧中，隱身在人群中，默默觀察、揭開犯罪黑幕的偵探。

＝邱亦縈──國立東華大學中國語文學系博士，現職為國立花蓮高級商業職業學校國文教師。

下在城市邊境的冷雨熱血

劉建志

既晴於2020年出版的最新作品《城境之雨》以四篇推理小說構成，偵探人物延續前作《別進地下道》、《網路凶鄰》、《超能殺人基因》、《修羅火》等作品，以「廖氏徵信諮詢協商服務顧問中心」的偵探張鈞見與助手如紋為主角。張鈞見受不同當事人委託，在每個案件中追查真相，如紋適切地擔任穿針引線的角色，提供辦案資料。《城境之雨》亦延續既晴的推理小說創作觀：「正統的推理小說，即是以解謎為主，且必須有解謎的過程。」讀者在本書的四篇故事中，隨著偵探張鈞見與當事人的視角栽進每個謎團中，抽絲剝繭地尋找泡沫般的線索，與形形色色的人物對話，思辨案情的真相。然而，在以為一切終於要水落石出之際，故事往往又朝著讓人意想不到的方向開展，結束在驚愕的餘韻之中。《城境之雨》一書，既有解謎過程的暢快，又兼具既晴小說慣有的意外感。

城境人物群像

核心人物偵探張鈞見的角色塑造，已在既晴的前作中完成，本書延續此一角色性格，在與不同的委託人交談中，可看見他富有同情心的關懷，儘管偵探仍以盈利為目的，但張鈞見在與委託人的互動過程裡，總充滿各種體貼的小動作，加上令人信賴的專業感，進而成為委託人的精神支柱。〈沉默之槍〉中，張鈞見為了體貼宋家豪母親的心情，因而特別在母親面前搜查讓她安心；〈泡沫之梯〉中，他與委託人黃佳慈在雨中奔波，只為了尋覓一個一個如泡沫般細微的線索，此外，張鈞見在刑警面前更體貼地不過問死者的傷勢；〈蠶繭之家〉中，他與中學生顏心依更有許多對談，張鈞見誠懇的特質，進而成為她信賴的大人。張鈞見流暢的辦案模式也讓人印象深刻，藉由細膩的觀察與切中要領的問話，往往能在細微處發現真相的端倪，於不疑處有疑。

本書各篇人物塑造也有獨到之處，〈沉默之槍〉的宋家豪在整篇故事中幾乎是消音的，只藉由他身邊的家人、同學、朋友勾勒他的各種形象，但到了故事結尾，當他終於發聲之後，讀者會驚訝地發現，在他神秘的沉默中竟有如此成熟的思慮；〈泡沫之梯〉中為了尋覓真相，無所不用其極的黃佳慈，一次次出人意表的行動，與查案強烈的意志，讓她成為一個讓讀者無法忘懷的人物；〈蠶繭之家〉中早熟的中學生顏心依，在故事進行中往往有出人意表的言行，既晴成功形塑一個善於思慮、又深諳社會成規的小大人模樣。

除了主要人物的形象刻劃栩栩如生外，其他次要人物的塑造，常模擬各行各業的市井小民，不論是刑警、議員、酒店小姐、詐騙集團、街友、計程車司機、中學生，各類型的人物在他的筆下彷彿有了血肉，唯妙唯肖躍然紙上，使讀者彷彿真的跟著偵探穿梭這些人群中，在與他們的對談裡打撈真相。

在地化推理小說實踐

《城境之雨》均取材自台灣的社會事件，使這本書成為根植於台灣這片土地的「在地化」推理小說。隨著故事進展，讀者可以輕易地體會「在地感」。書中以寫實的筆法帶入大量台灣地景，諸如饒河夜市、龍山寺、酒店、殺肉場、高鐵站、台北榮總等，讀者跟著偵探穿梭於這些實存的台灣地景中，賦予案件與故事的背景真實感，也因為代入讀者熟悉的地景，使這本書在地氣息濃厚，而有別於國外的翻譯推理小說，台灣的讀者閱讀起來，應會感到親切。

《城境之雨》全書故事構思與台灣的社會脈動息息相關，〈沉默之槍〉中反映的酒店文化，與酒店小姐彼此爭奇鬥豔的心態。同篇中提及校園毒品氾濫、黑社會侵入校園、不良學生流連於娛樂場所、違法打工的社會現象，都在台灣的新聞中屢見不鮮；〈疫魔之火〉中饒河夜市的陳舊感，反映出老舊社區的都更問題，與建商利益衝突的現象；〈泡沫之梯〉中反映的車禍肇事逃逸案例、網紅與網路輿論的互動關係、議員與商人官商勾結的醜惡生態；〈蠶繭之家〉中反映的遊民處境、中學生援交、詐騙集團橫行等社會現象。凡此種種，都顯示既晴對台灣社會脈動的關注。這本小說具體而微地展現了台灣社會的縮影，使虛構的偵探故事有了現實化的背景，增加故事情節的擬真性與既視感。尤其〈疫魔之火〉一篇，更是共時性地反映出2020年全球新冠肺炎的慘烈疫情，而居家隔離卻到處晃蕩、囤貨牟利等社會事件也讓讀者會心一笑。既晴在小說細節處用心勾勒，使小說生活化、在地化。並在偵探解謎之餘，置入許多社會關懷，寫出具有台灣風土情味的在地推理小說。

專業知識的建構

一本成功的推理小說，除了情節構設合理，謎題具原創性之外，在故事關鍵之處傳達專業知識，也是讓小說更具現實感的做法。舉例言之，日本推理小說家京極夏彥在其小說作品中，常會藉主角京極堂之口雄辯滔滔，以長篇論述來說明、解釋神怪知識與文化人類學的知識，形塑「京極堂系列」獨樹一格的作品風格。既晴的《城境之雨》，也常藉書中人物傳達專業知識。〈疫魔之火〉一篇中法醫化驗報告的敘述鉅細靡遺，關於火場鑑識與火場救災知識也有大段專業描述，成為偵探張鈞見的推理依據。此外，同篇小說中，對藏傳佛教教義與在台灣流布狀況的敘述，也成為支線林博哲的人物塑造中不可或缺的一環。〈泡沫之梯〉中，提到北部市郊汽車「殺肉場」的段落，生動且具體地描述了這個場景的特徵，並且說明了關於「殺肉場」的營運、客層等相關知識，使偵探張鈞見尋覓線索的推理場景順暢地轉換到了此處。因為《城境之雨》中蘊含這些專業知識，使得這本推理小說更具說服力。

命題之巧

《城境之雨》的故事命名，皆有其用心之處。〈沉默之槍〉中的「沉默」語帶雙關，除了指涉故事中被刻意消音的人物宋家豪，也指涉了故事中並未發射的槍。讀者與偵探張鈞見一樣，只能藉由周圍人物眼中的宋家豪，來拼湊他詭異行蹤的動機。然而，沉默的宋家豪便像戴著很多面具，當你以為離真相很近了，卻又被另一個線索拉走，不到最後關頭，就無法識破「沉默」背後蘊藏的千言萬語。

〈疫魔之火〉中，貫串全篇的火災與疫情似乎已在標題點明，但「火如疫情」或「疫情如火」，不過是語言表象的象喻，更深沉的反思卻隱藏在「魔」字之中，有時，人性中的貪婪與險惡，是凌駕於疫情與火災這些天災之上的。在讀完全篇之後，意外性的結局也讓人不寒而慄，對標題將有更深刻的體會。

〈泡沫之梯〉中，所有通向真相的細微線索都如同泡沫一般，被物理性的大雨沖刷，也被人性權勢的險惡沖刷，偵探張鈞見伴著黃佳慈小心翼翼爬著泡沫之梯，「踩踏著、攀爬著這一連串僅僅存於剎那的泡沫，抵達盡頭時見到的，依然只有泡沫。一旦泡沫消失，立刻就會墜落，摔回原點。」張鈞見也自省著「偵探」這個職業究竟追求什麼？是真相？是交易？讀者在泡沫之梯的盡頭究竟能看到什麼真相，就只能隨書中人物親自走一遭了。

〈蠶繭之家〉中辯證了何為幸福的家庭？家人某程度而言是命運共同體，父親中年失業、母親離家出走的家庭呢？本篇藉由無助的中學生顏心依世故的表情，看著如蠶繭般層層束縛、綑綁的家庭，而那也是外人無從介入、無從置喙的獨立空間。

這四篇故事命題模式相互呼應，故事發生在城境——城市邊緣的人群。當這些人遭逢生命突如其來的巨變，而法律與社會結構無法給予屬於他們的正義與真相時，他們選擇相信偵探——相信即使在沖刷掉一切證據的雨中，也會與他們一起尋覓線索、找尋真相的偵探。縱然真相不一定會帶來幸福，無窮的追索之後可能是無盡的失望，這些城境掙扎的人們，仍會選擇相信。

全書最後下著的那場雨，雨水冰冷，真相冰冷，但追尋真相的熱血過程，卻在一次一次的閱讀中，永遠能帶給人溫熱的療癒。

劉建志──台灣大學中文研究所博士，現為台灣大學兼任助理教授。研究當代流行歌曲及文化議題，碩士論文《當代國語流行歌曲創作及相關問題之研究──90年代迄今之考察》、博士論文《認同與權力──當代台灣創作型歌手流行歌曲研究（1980迄今）》。喜歡聽演唱會、Live House表演，對追尋屬於我們這個時代的詩歌充滿熱情。

走在下雨街道的老靈魂

簡君玲

「鈞見，怎麼了？」如紋問。我無聲地將信紙收進牛皮紙袋裡，沒讓她看見。「沒什麼。雨下了好久。」「是啊。好悶。」「但不知道為什麼，我只是突然希望——這場雨，能繼續再多下一陣子。」

（〈蠶繭之家〉，頁303）

偵探故事的場景裡，似乎總有下不完的細雨；喜愛台灣推理小說讀者心中的名偵探，也有個穿梭在下著細雨都市街道的身影——既晴筆下的張鈞見。

每個都市裡行走的人，或許都有些不想被揭露的小秘密，我們習慣了行走其間，彷彿看見衣服忘了剪的細碎線頭一般，似乎無關緊要，不說破自己的，也不碰觸他人的。

但，某些時刻，有些人，走進既晴《城境之雨》小說中的廖氏徵信諮詢協商服務顧問中心，他們將心事與煩憂，在一杯茉莉香片的綠波輕煙蒸騰的時間，向偵探張鈞見傾吐而出。在〈疫魔之火〉中張鈞見說：「一開始閉口隱瞞的人，若是決心坦承，反而會願意說出比想像中更多的實話。如同水壩那般，是經年累月的虛偽所積蓄的壓力」。在人生遭遇重大的轉折與威脅時，不顧一切想知道真相的心，讓朦朧間潛伏在都市巷弄街道間的許多小奸、小惡，大非、執愛，一一隨著私家偵探的調查，浮現而出。

既晴作為一個長久耕耘台灣本土偵探推理創作者，在張鈞見系列的短篇創作中，建立了廖氏徵信社裡的幾個重要人物形象。《城境之雨》收錄四個短篇〈沉默之槍〉、〈疫魔之火〉、〈泡沫之梯〉、〈蠶繭之家〉。

四個篇章完成初稿的時間不一，有得獎舊作，亦有因應現今時空新作。然而，廖氏徵信社幾位核心成員的形象，卻能貫串全書，彼此呼應相連而確立。

「其實我把張鈞見的系列，當成一個漫長的人物介紹。」——陳小路〈既晴：我才剛把人物介紹完而已〉

既晴曾在訪談中這麼談論自己筆下的張鈞見。《城境之雨》環繞著廖氏徵信社裡三個關鍵人物的設定，延續既晴長久以來的創作企圖，不停地創作補充而鮮明，隨著閱讀偵探推理的過程，人物形象亦成功輸出介紹給讀者。其中，當然以張鈞見的形象最為立體。

在聆聽了別人的秘密以後，自己的心底也從此多了一份承載。在

精神上，這是有重量的。秘密聽得愈多，種種的承載，在心底就沉澱得愈多。（〈沉默之槍〉，頁64）

張鈞見是受雇於人的私家偵探，雖然常被交代不要接刑案相關的案子，會惹上麻煩，但總禁不住某種好奇心或道義感的驅使，甚或是委託人的苦苦請求、無助的眼神手勢，終究是碰觸了涉及刑案邊緣的案子。他有著神探的直覺與解謎的堅持，因此隨著小說尾聲到來，案子的解謎線索轉了幾圈迴旋，終於真相浮現。幾乎只是一個短篇故事的時間，讀者就會為張鈞見著迷，隨著書中偵探在都市間穿梭，尋訪答案。身為一位私家偵探的痛與快樂，讀者嘗試跟書中角色的身影，接近尋找真相的呼吸。

更讓讀者不自覺認同張鈞見是一個風格獨具的偵探，是在專業能力之外，在看似尋常鄰家男子的外貌之外，對於委託人情感的理解與良善之心。或許是擔心少女陷於挽回家庭的執著，或是憂心婦人無法承受孩子變壞的事實，或是惋惜案件無法短期內順利解決時，也或有理解家人遺屬難以承受哀痛之重。也許正如既晴藉張鈞見在〈沉默之槍〉所言：「當偵探當了這麼久，這種事並不罕見。人類的情感，是很難以邏輯去解析的。」讀者透過《城境之雨》，讀的不僅是案件之謎，還有人性人情之萬端萬緒。

第二位讓人印象深刻的是如紋，她是一位行政能力強大、美麗而傲嬌的助手。她常愛跟張鈞見鬥嘴，卻被他掌握了喜愛擺高姿態的心理，往往耐不住對方放低身段的請求，一答允，即展現自己工作起來使命必達的幹練形象。當然，還有廖叔，廖氏徵信諮詢協商服務顧問中心的社長，有世故圓滑的經營考量，對比於張鈞見對委託人和真相的關懷，廖叔顯得更有城府些，但在關鍵時刻，他的人脈勢力又能夠對案情突破有所幫助。而廖叔身為擁有一個不太聽話、特別有性格屬下的主管，常常在對張鈞見警告式的叮嚀中，隱隱透露著關心、包容與協助的心量。

三個迷人的角色，共同構築了廖氏徵信社屢屢能夠破案的招牌。無論是熟悉既晴創作與否的新舊讀者，都能透過這四個短篇，初識或再見偵探張鈞見，和環繞著他的重要夥伴。

讀者在閱讀過程中，不會心生疑問，試著回想這角色是誰？而是想探問這次張鈞見又接到什麼樣的案子？要辦什麼類型的案件？將解什麼謎？隨著不同故事情節中案情的調查開展，我們與每個短篇中聘僱偵探的委託人一樣期待著，在張鈞見的努力過後，一個個謎團將解開。正義與真相的光芒穿透層層雨霧的陰霾，雨後方霽。

從顏家所在的大安區出發，我規劃好行程，一路邊走邊問。路邊攤、店家、排班計程車，都像是台北市的日常背景般，讓人察覺不到其存在。他們不張揚，專注於各自的營生，同時觀察著路過的人們，用雙眼記錄了惡城市的醜惡與美好，遠勝有錢裝沒錢修、發生什麼事情什麼都記錄不到等於白裝的公家監視器。

（〈蠶繭之家〉，頁247）

既晴的偵探小說場景，往往設置在熟悉的台北街道。他擅長透過一個個短篇重現我們似曾相識的台北，無論是過往的記憶老街、路邊排班的計程車、騎樓下的小攤販與店家、落拓凌亂的擁擠街市、慾望與黑影湧動的酒店、遊民來去棲止的地方信仰圈、高樓聳立的蛋黃商業區、學生一湧而出的校門口……等，這些場景讓喜愛偵探小說的讀者感到驚喜。特別是長期在英國倫敦迷霧與日本都會疏離……等外國偵探故事浪遊後，竟可以在自家的偵探小說系列中，看見再熟悉不過的地景，景致與線索同樣往往藏在不經意處，別有一番意趣。

讀者可以很自然地帶入自身成長經驗，連結這些地景背後象徵的意義，也更容易投入故事場景。而我們感到陌生而好奇的，是由偵探穿梭尋訪線索經過的一個個警局、法院、消防隊，窺見這背後公家單位的偵察流程，與權力之手干擾的潛藏暗盤，讀者似乎也被餵養成為一個更有解謎力道的情報站。然而，真正私家偵探需要的，可能還有一份更精準的洞察力，直指真相核心。

「如果故事中出現槍，就必須發射！」契訶夫的小說戲劇理論中，牆上安上一把槍，就該讓裡頭的子彈發射。我們可以說，既晴是嫻熟於讓子彈發射的犯罪小說家。既晴的小說往往在前半部情節裡埋伏了不少看似不起眼的小物件，成為於後半部撥開偵察迷霧的重要物件。而有趣的是在以槍為篇名的〈沉默之槍〉中，一開場出現委託人拿出的那把槍，委實為重要辦案物件。但到小說最末，最後子彈並未發射，正因其子彈沒有發射，成為此篇解開謎團的重要原因。如此細巧而出乎意料的安排，似乎也對小說理論起了對話與玩味的高手過招。

事實上，作為本格推理的讀者，確實總能在既晴小說接近篇末之際，每每享受「啊，原來是這樣」的解謎快感。而這專屬於此類型文學的閱讀樂趣，正因為作者的刻意布局及長久懸宕的推敲。

其實，要是這麼單純就好了。坦白說，我沒辦法輕易接受這個答案。（〈沉默之槍〉，頁36）

既晴擅長將謎團層層包裹，很多時候，如果少了偵探直覺的敏銳雷達，也許會錯放許多解謎的絲絲線線。看似走入歧途的孩子，越接近核心，也許最終藏著翻轉的用心。兇手呼之欲出的現場，竟有一點案外案的消息重疊。尋常車禍的背後，看似無法找到真相的早已破壞的證據，是欲掩蓋一切的重重黑幕。走投無路的失蹤者，竟遺留著深愛家人的一份深切悔恨與心意。既晴在〈疫魔之火〉透過委託人說出口的：「我想這麼做。這也是委託的一部分——我想知道所有的真相」。是的，我想知道真相，這是所有喜愛偵探故事的讀者的心聲。

「的確。車禍肇逃的證據，就像泡沫一樣，轉瞬即逝。」我凝視著不斷滴落在地面水坑間、時而奔竄時而漩滾的雨流，「我們無法阻止泡沫消失，唯一能做的，就是要趕在泡沫消失之前，捕捉到兇手的身影。（〈泡沫之梯〉，頁161）

在虛構的故事裡，在真實世界中，時有無解的遺憾降於人間，於是我們需要偵探小說，需要一個願意在這個晃蕩世界中，願意握著這份抵擋無望與黑暗的小小希冀，陪委託人／讀者一起走到最後真相揭露那一刻的人。於是我們有了既晴筆下天真與能力兼具的偵探，持續到疫情燃燒的今日。期待既晴筆下的張鈞見，在世道多變的人間，這位依然相信真相與美好的老靈魂，能繼續嘗試捕捉那泡沫消逝前的線索，儘管，雨一直下著。

簡君玲──台北人，中原大學兼任助理教授。從事教職，實相與文字技藝的探索者。曾獲林榮三文學獎小品文獎。

推理的挑戰不在證據，而在人心

朱先敏

既晴小說《城境之雨》由四個故事組成。〈沉默之槍〉，由一位單親母親意外發現品學兼優的兒子持有槍枝，因而前來向偵探求助拉開序幕。偵探張鈞見循著槍械開啟調查，從一個看似誤入歧途的少年牽起一樁多年前的性侵舊案。〈疫魔之火〉的主軸則是新冠肺炎疫情下在饒河夜市發生的一起無名火災，一個夜市小店的店主被燒死在店裡，他的妹妹和友人堅持要找到他的真正死因。〈泡沫之梯〉從一個看似難以追索、純屬意外的公路車禍開始，因著死者姊姊堅持不懈追查兇手，張鈞見抽絲剝繭地觸碰到階級對立、官商勾結的社會議題。〈蠶繭之家〉則是協助女兒找尋失智父親的故事，尋人的過程裡也帶起了台灣社會沉痾已久的街友、詐騙、援交等問題，甚至在篇末叩問何為幸福家庭。

推理小說最為引人入勝的，就是謎團的構成和解謎的過程。不同於許多經典的推理小說都從一個離奇的故事開始，《城境之雨》中沒有密室殺人，也沒有寶物失竊，從學生持槍、無名火災、公路車禍到失智父親的蹤跡，看似都是日常生活中隨處可見的小議題。除了親人，大概沒有什麼人會將時間心力投注在這樣不離奇的小事。然而正是「親人」作為一個想要求得真相的客戶，將張鈞見和讀者一起拉入了這些事件。關懷孩子因此不忍報警的母親、不甘於只是意外就讓哥哥無辜喪命的妹妹、想查到肇事逃逸兇手的姊姊、突然失去幸福家庭和父母的國中女生，以她們的感情為驅力，拉動著主角，讓這場解謎得以發生。正如東野圭吾以《解憂雜貨店》示範沒有壞人也沒有死亡的推理，《城境之雨》也嘗試挖掘日常生活裡的謎團，示範了推理如何在不疑處有疑，如何在平凡的事件、隨處可見的小人物、普通的城市與街道之間發生。

既然故事的開頭並不離奇、也不刻意炫人耳目，作者要如何吸引讀者一篇一篇地讀下去？除了張鈞見循序漸進、有理有據的推論，懸念的設置也恰到好處。熱於助人的優等生宋家豪真的墮落了嗎？無名火真的是縱火犯所為嗎？毫無頭緒的肇事逃逸到底如何偵破？愛護女兒的父親為何無預警地離家？都讓讀者懸著心跟著偵探一同抽絲剝繭。而每一則故事臨到結局往往還會有出人意料的反轉，即使張鈞見參透了事件的緣由、拼湊出故事的全貌，他永遠也不能掌握、無法確知的，是人的動機和選擇。因此也讓故事得以有了出乎敘事者預料的結尾，使讀者獲得愉悅、驚奇的閱讀體驗。

《城境之雨》的另一個特色在於「在地化」，為台灣人說出了自己的推理故事。想起阿加莎克莉絲蒂，我們可能會聯想到漫天飛雪裡的火車；想起柯南道爾，則讓人彷彿置身在霧濛濛的倫敦和英國的荒野。《城境之雨》則切實地讓人感知到台灣人的日常生活。比如〈沉默默之槍〉，當張鈞見到新竹高鐵站去會見一個重要關係人時，他們沒有在車站談話、也沒有以一個簡單的「他們找了家咖啡店」為過場，而是細膩地寫道「新竹高鐵站裡就有星巴克」。這微小的、貼近事實的細節，雖然不影響劇情的進展，卻讓屬於虛構人物的故事一下子變得紮實可感，彷彿是個在讀者身邊發生的真人實事。又如〈蠶繭之家〉裡，失蹤的父親曾細細探訪、行走過的台北市內的大街小巷，偵探追索著，一起丈量街道與巷弄的距離、方位，以及每一塊區域負載的功能，以此推論父親前往這些地點的意圖。熟悉台北市的讀者不由得會心一笑。而在時間感上，作者也巧妙的運用高三生不同升學方式去解釋主角如何脫離熟悉的同學群。因為和他最要好的社團社長正在準備繁星推薦所以疏忽了他的狀況，這不但製造了主角為何誤入歧途的謎團，也設置了偵探追查真相時的障礙。〈泡沫之梯〉是最不具特定地方和時間感的一篇故事，然而悲傷的是，〈泡沫之梯〉之所以不需要強化故事發生的特定時間與地理位置，正在於這種肇事逃逸的案件在台灣每一個地方、每一個時間點都可能發生。金庸在《笑傲江湖》的後記裡提到，他沒有為這本講述江湖鬥爭的小說設置特定的年代，因為人心的險惡、權力的爭奪在歷朝歷代都會發生。在《城境之雨》其他三篇小說強烈的時間和地方感襯托之下，〈泡沫之梯〉的隨機性、任何時間地點都能適用的特性，因而更強化故事的悲劇性。因為無論主角黃佳慈是否找到肇事者，都不會改變她的弟弟無辜失去性命的事實。而讀者也知道，這樣的悲劇從過去、現在到未來都依然會發生。

將時間感和地方感運用得最為純熟、巧妙的，無疑是〈疫魔之火〉。

這篇故事從一把無名火開始，主角群的處境、選擇、事件發生的因由和調查的困難全都圍繞著橫掃全球的新冠肺炎疫情。而故事發生地的所在饒河街夜市是台灣人都不會陌生的觀光勝地。因為以觀光客為主要客群，疫情對主角群造成的衝擊也格外巨大，因此影響了他們的動機和選擇。開發較早的饒河街，其老舊的建築和電路、蔓生的社區群眾和權力拉鋸，也是推動劇情不可或缺的動力。如果說〈沉默之槍〉將部分角色設定為新竹人、〈蠶繭之家〉將場景設在台北市的效果主要在於增進故事和讀者之間的熟悉感，〈疫魔之火〉則無疑抓緊了時間、地方、人物和故事之間的關係，讓它們彼此作用，終究在張鈞見的見證下走向結局。讓〈疫魔之火〉成為屬於台灣人的、屬於2020年極具代表性的一篇故事。這也是讓全書一再強調張鈞見作為台灣第一偵探這個特點得以落實，不能是其他地方、而必須落腳台灣的關鍵。

〈疫魔之火〉同時也是故事中的角色被刻劃得最為完善的一篇作品，特別是救火員林博哲。林博哲身為繞河街一帶的救火員，生於斯、長於斯，父母也喪命於斯。他既想竭盡所能救援每一位受困火場的傷患，就像救贖當年葬身火窟的父母和無能為力的自己，同時他又對火的影響和力量產生的莫名的敬畏和崇拜。張鈞見甚至推測，林博哲對於火災的高度重視和對救火的傾情投入，可能引來想要以災禍改變這個老舊社區的模仿犯。在全篇短短的關於林博哲的篇幅裡，作者讓我們看到一個豐滿又矛盾的角色，以及藏在這個角色背後許多沒能出場的人，他們同樣對自己的家園、對逐漸老化、凋零的社區有著拚命救贖、尋求改變的熱愛。

可惜的是，不是每個角色都能獲得豐滿的人物設定。比如〈沉默之槍〉裡的溫欣敏、〈蠶繭之家〉的顏心依和貫徹全書的事務所同仁如紋，都以蠻不講理、難以溝通、無法琢磨的個性造成主角的困擾、製造情節上的衝突。溫欣敏缺乏鋪陳的惡意居然是〈沉默之槍〉整個故事的主軸，而顏心依金玉其外的原生家庭只是蜻蜓點水的帶過，缺乏讓讀者同理她過激言行的描述。張鈞見以THE girl稱呼顏心依，讓人聯想起與福爾摩斯堪為敵手的THE woman 艾琳艾德勒。然而艾琳靠著智計贏得福爾摩斯的尊重，顏心依出人意料的選擇則仍不免帶有小女孩式的賭氣。此外，如紋為何不是一個像華生一般可靠的事業夥伴，而必須總讓主角在尋求協助時感到壓力和困難，這樣安排令人費解。不巧的是，這三個角色都是女性，使得全書女性的形象有些雷同。而提到女性，作者總是聯想到與「性」相關的故事，比如溫欣敏從事酒店業還誣告他人性侵、顏心依試圖以援交治癒家庭的創傷，黃佳慈則為了找尋車禍真相而拍攝性感照博得關注。如果能豐富筆下女性角色的多元性，為她們創造不圍繞男性、不糾結於「性」的故事設定，《城境之雨》無疑會更具可讀性。

整體而言，《城境之雨》是一部引人入勝的小說，作者對於何為推理的省思和日常化、在地化的嘗試令人驚艷。說到底，推理是對真相的求索，只要有人在乎事實，推理故事就在任何地方、任一位讀者的心裡生根、發芽。

朱先敏—新竹人，國立臺灣大學中國文學研究所博士，現為國立臺灣大學「趨勢人文與科技講座」博士後研究員。愛好文字、關注性別。現為吾思傳媒專欄作家，作品見於女人迷、性別力、女人迷HK。其實，書評作者也像是偵探，總是求索著作者的意在言外、有意的鋪陳和無意的流露。

輯四・後記

#【後記】

另一種代言：永遠無解的是人的心靈

——作家既晴談寫作與台灣推理文學的未來

謝瑜真

熱衷並鑽研寫作十年，已是一件不簡單的事，而作家既晴自開始寫作以來，已經過二十年以上。他首部出版的長篇小說《請把門鎖好》，今年推出了二十週年紀念全新裝訂版，藉此機會，既晴談及了他寫作的過去、現在與未來。

既晴的出道作《請把門鎖好》獲得第四屆皇冠大眾小說獎百萬首獎，內容融合推理與恐怖元素，是當時難得一見的型態。嚴格來說，《請把門鎖好》不是既晴的第一部作品，但這是他首次正式出版，展露在讀者目光下的著作，因此格外具有紀念意義。

因為是得獎出版，所以《請把門鎖好》在出版時，並沒有與編輯討論，因此這次的修訂，讓既晴獲得再次修改作品的機會，於是一口氣增添了十一萬字的巨大篇幅。在新版中，犯罪細節有更多描寫，也使用更多鋪排的技巧，讓讀者能更加深入小說情境。

關於《請把門鎖好》一書，既晴並不打算讓它是完全的恐怖小說或推理小說。在書中，超自然與推理兩種因子並非主從關係，而是擁有各自的邏輯，劇情並不會因為接受靈異而推翻科學，兩種元素不斷交織出現，製造抗衡。而最後的結尾，既晴以一種靈異與科學都無法驗證的事物——人的心靈，這是儲藏唯一真相，但我們永遠無法得知的地方。在絕對的懸疑中設置了開放性結局，為小說留下多重的謎霧。

在《請把門鎖好》一書中，我們可以看到警察辦案的生態。既晴有一位警察朋友，這位朋友告訴他，警察在接觸刑案時，為了之後的司法程序，大部分的時間都在寫公文，一般人想像中刺激的辦案情節，在警界生活中是很少發生的。但既晴沒有選擇讓主角劍向真的一直在寫公文，他認為寫作的真實性比例就像捷運路線圖一樣，路線圖並非完整地呈現地方之間的距離，而是編排為有資訊性、易了解的模樣。寫作也是一樣的，需要在真實與有趣的比例之間去衡量，適時符合讀者的想像。在文字中滿足讀者的期待，是大眾小說重要的目的之一。

寫作推理小說的艱難之處，便是如何縝密地安排細節，只要有一處邏輯差錯，便會成為敗筆。因此讓人非常好奇，推理作家在寫作時會不會預先將所有劇情都設想好呢？既晴表示，自己在寫作時習慣將情節安排到全體的70%左右，剩下的30%，會留給劇情發展的空間，畢竟故事在寫作時，經常會像有生命般很神祕地生長出自身的走向。

但在結局方面，他一定會事先想好。結局往往會讓讀者留下最深的印象，好壞與否經常會直接影響到該作品的評價。因此他特別注重結局，不希望結尾留給人不能接受的感受。

此外，每個作家心中都有一個恆久敬畏的作家。若只能選出一位影響自身最深的作家，既晴選擇的是愛倫・坡。他透露自己有個儀式般的習慣——在每年歲末時，他會隨手拿取書架上的一本愛倫・坡（Edgar Allan Poe）作品，隨意選擇一篇細讀其中的每字每句。每次閱讀時，都能在字裡行間感受到新的事物，甚至能因為書中的一段句子啟發他整本書的靈感。對他來說，愛倫・坡就像一支火把，總是能探照到他沒思考過的細節之處。

既晴一直有閱讀原文小說的習慣。雖然翻譯是種連結，但也讓作品經過一層轉譯，與原作有了隔閡。於是既晴想透過閱讀原文，去更貼切地了解作品。而近期，他也從事日文小說翻譯。

除了閱讀，既晴收集寫作靈感的地方，還有日常中與人們的對話。但相當特別的是，既晴在意的並非事情有不有趣，而是對方如何將事情告訴他的方式。透過對他人表達的方式了解他人的立場、想法，能讓小說人物更能表現處境，也更能與讀者產生共鳴。

在這二十幾年的寫作生涯中，既晴出版了十本著作，在每本書中，他都會嘗試新形態的寫作，讓每本作品具有差異性，整個寫作史像一場實驗一般，總是在思考哪裡還有可以發揮、具有創造性的地方。

目前，既晴正在準備新書《台灣現代犯罪事典》，內容包含台灣戰後所發生的重要犯罪事件。他認為目前台灣在犯罪案件的資料上是缺乏的。在台灣，如果不是生長在當代，就不會知道當代所發生的重大刑案。因此讓既晴起心動念提筆。但該作的資料相當龐雜，因此目前尚在進行中。

除了寫作，既晴也評論。問及寫作與評論間是否能產生連結與互動，既晴舉了個例子：推理文學中有個名詞叫「安樂椅偵探」，意為坐在椅子上，不需到現場也不需探詢證據，只聽事件敘述便可解答謎題之人，被視為是推理中智力最高的表現。以撒・艾希莫夫（Isaac Asimov）的「黑鰥夫俱樂部」系列（The Black Widowers）中的侍者亨利與傑佛瑞・迪佛（Jeffery Deaver）筆下的林肯・萊姆（Lincoln Rhyme）都是經典的安樂椅偵探。

在整理出了這些安樂椅類型的演化脈絡後，既晴自己也寫了一篇安樂椅偵探的故事：內容描述一個殺了人的兇手，為了搗亂警方日後的調查方向。於是偽裝成死者坐上計程車，並與司機聊天，試圖讓將會成為證人的司機留下印象。沒想到透過後照鏡與談話，司機一步一步剝開乘客是兇手的真相，車子的目的地從棄屍地點成了警察局。因為有了評論與研究的動作，才讓既晴有了這個安樂椅的變形作品。

「因為台灣計程車司機很愛聊天嘛！」既晴笑說，他的父親也是運將，所以有了這個點子。由《請把門鎖好》中摩門教傳教士的角色便可察覺，既晴時常在小說中融合台灣特色，以計程車司機這個職業作為破案偵探也是如此。

推理文學是由歐美發源，而後傳入世界各地。亞洲中最先引入，並發展出本地色彩推理文學的國家當屬日本。推理文學的寫作在台灣尚為小眾，因此偶爾會聽見讀者認為「台灣推理文學不如國外推理文學」的意見。

既晴認為客觀上文學是有優劣之分的。但就像考試一樣，有「合格」制與「排名」制兩種分辨方法。合格的狀態，是作品有在及格線以上便是好作品；而排名制則是比較作品之間的好壞去決定作品價值。老師認為，作品的優劣應該是合格制，而非排名制。

但國內經常有種現象，認為台灣推理文學不如外國，也就是採取排名制觀點，從而將其全盤否定。既晴解釋，我們所接觸到的外國推理作品，大多是已經經過挑選才得以翻譯出版過來，通常是該作者出道多年，經過淬鍊而寫出的作品，也許該作者的第一、第二本書，並不像現在的作品那麼好看，但我們只會接觸到他的成熟著作。

而台灣由於戒嚴的緣故，出版受到限制，推理文學也經歷了幾十年的空白時間，直到1980年代才開始發展。台灣的推理文學作家們，可能也只是在經歷那段成為大師前的磨礪。這麼一來，將台灣推理文學與外國作品直接互相比較，並不是客觀的。

或許，現階段我們該在意的不是優劣，而是獨特性。擁有台灣色彩的類型文學，如同幼鳥一般，已有雛型而正要學飛。

既晴認為，要加強台灣推理文學的發展，還是要增加寫作者的基數。如今台灣有台灣犯罪作家聯會的成立，也有推廣推理小說的島田莊司獎，整體來說未來是明亮的。既晴也希望自己不止步於前，創作上比起在選擇獨沽一味，他更希望選擇受世人關注的題材，因此會在大環境中不斷搜查資料，一方面也尋找獨特性。他會持續寫作，一如人心的奧妙與懸疑沒有止盡那般。

既晴——恐怖及推理小說作家及評論家，主修犯罪小說。生於臺灣高雄市。第四屆皇冠大眾小說獎百萬首獎得主。目前任職於科技業，並擔任台灣犯罪作家聯會執行主席。著有《請把門鎖好》、《別進地下道》、《城境之雨》等書。

謝瑜真——1994年生，國立東華大學華文文學所創作組碩士。生於台南一個名叫灣裡的小鎮，自此覺得自己與海脫不了關係。曾獲台北文學獎、台中文學獎、後山文學獎。

逆思流

閱讀既晴：台灣犯罪文學作家群像

作者／台灣犯罪作家聯會　編者／洪敍銘
八千子、朱先敏、呂竟、李岱樺、李忠達、邱亦棨、
洪敍銘、陳木青、陳延禎、喬齊安、提子墨、
楓雨、劉建志、賴特、謝瑜真、簡君玲
執行長／陳君平　榮譽發行人／黃鎮隆
設計排版／王幼荷　照片提供／洪建煉
協理／洪琇菁　國際版權／黃令歡
執行編輯／呂尚燁　美術主編／陳聖義
出版／城邦文化事業股份有限公司　尖端出版
台北市中山區民生東路二段一四一號十樓
電話：(〇二)二五〇〇七六〇〇　傳真：(〇二)二五〇〇二六八三
E-mail：7novels@mail2.spp.com.tw
發行／英屬蓋曼群島商家庭傳媒股份有限公司城邦分公司　尖端出版
台北市中山區民生東路二段一四一號十樓
電話：（〇二）二五〇〇—七六〇〇（代表號）
傳真：（〇二）二五〇〇—一九七九
中彰投以北經銷（含宜花東）／楨彥有限公司
電話：（〇二）八九一九—三三六九
傳真：（〇二）八九一四—五五二四
雲嘉經銷／威信圖書有限公司　嘉義公司
電話：（〇五）二三三—三八五二
傳真：（〇五）二三三—三八六三
南部經銷／威信圖書有限公司　高雄公司
電話：（〇七）三七三—〇〇七九
傳真：（〇七）三七三—〇〇八七
香港總經銷／城邦（香港）出版集團有限公司
香港灣仔駱克道193號東超商業中心1樓
電話：（八五二）二五〇八—六二三一
傳真：（八五二）二五七八—九三三七
E-mail：hkcite@biznetvigator.com
馬新經銷／城邦（馬新）出版集團　Cite(M)Sdn.Bhd.
E-mail：Cite@cite.com.my
法律顧問／王子文律師　元禾法律事務所
台北市羅斯福路三段三十七號十五樓
二〇二三年一月一版一刷

■中文版■

郵購注意事項：
1. 填妥劃撥單資料：帳號：50003021戶名：英屬蓋曼群島商家庭傳媒(股)公司城邦分公司。2. 通信欄內註明訂購書名與冊數。3. 劃撥金額低於500元，請加附掛號郵資50元。如劃撥日起 10～14日，仍未收到書時，請洽劃撥組。劃撥專線TEL：(03) 312-4212 ・ FAX：(03) 322-4621。E-mail：marketing@spp.com.tw

國家圖書館出版品預行編目資料

閱讀既晴:台灣犯罪作家群像 / 台灣犯罪作家聯會 著 ;
--初版. --臺北市：尖端出版, 2023.01
面 ; 公分.--(逆思流)
譯自:
ISBN 978-626-356-037-6(平裝)
1.CST: 既晴 2.CST: 臺灣小說
3.CST: 推理小說 4.CST: 文學評論
863.27 111020059